不登校の果

只見 晃

文芸社

名もなき語り部語る。

私は名もない男だ。下らぬ世界ばかり見てきた。これからそれらを語る。これを読まれた方々が決して世の闇に呑み込まれぬよう。

一九六五年二月、日本海側の都市。

空は鉛色の雲に厚く覆われ、時折白雪が舞う。どっしりした白亜のビルディングが建っている。大学病院だ。その中の待合室に男が一人。身長は百六十センチに満たず、痩せギス。髪は右七三に分け、ポマードで固めている。鼻筋はすっと通り、鼻は割と高い。両目は大きく出目金だ。角張った眼鏡をかけている。男の名は林克男。年齢は四十。年の割に若く見える。紺色の作業服に身を包み、その下にワイシャツとネクタイを覗かせている。長椅子に腰掛けながら煙草を吹かし、ふうっと溜息をついた。

今頃あの馬鹿女房は産婦人科の診察台で股を開いているのかと思いつつ、克男は自らの過去を振り返っていった。

克男は大正十三年にこの町で生まれた。上に兄が一人、姉が二人。本来なら、兄は二人のはずだったが、長兄が幼くして病死したのだ。

父親は画家で、母親は元芸者。画家の父親は地方都市でまあ売れっ子で弟子もいて羽振りがよく、当時の日本としては林家は非常に豊かだった。

克男は末っ子として可愛がられ、実に幸せな少年時代を送った。特に長女の小夜に可愛がられ、お手玉なぞで遊んでもらった。生来の性分もあり、外で元気よく遊ぶほうではなかったが、成績は抜群。それゆえに、あまり周囲から虚仮《こけ》にされなかった。

成績がよかったのはある面で当然だった。父親がかなりスパルタ式で勉強をさせたのだ。克男が勉強を嫌がると叩くこともあった。ただ、怪我をさせる強さはなかった。この指導を克男は恨みに思っている。なぜなら兄には厳しさを見せず、どうして自分ばかりと思ったからだ。その訳はこうだった。

克男の兄龍男は、その上の兄が幼少時に病死したこともあり、真綿で包むように育てられた。特に母親ヒノはやたらと甘く、まさに溺愛であった。そして、そのことがとんでもない事態を招いてしまった。

龍男は何もできぬ穀潰しになった。父親の影響もあり、子供の頃から絵筆は取った。画家たろうとしたが、その世界の成功率の低さを、身をもって知る父文乃助は大反対。学校の美術教師にしようとして、一応旧制中学に進学させたが、怠惰から登校拒否をして退学。

東京に絵の修業に行ってもものにならず、田舎に戻りぶらぶら。そんな息子を勘当した父だったが、それもいつしかうやむやに。

母ヒノが甘過ぎた。なんでもかんでも世話を焼き、箸より重いものは持たせなかった。それを父親も看過した。その反省から克男の育て方は変えたのだ。

その甲斐もあり、克男は龍男よりはましにはなった。旧制中学に進学後も通学は続けた。一応真っ当だった。男としてはなんの運動もしようともせず、できずヘナチョコだったが。しかし、兄の教育の失敗は、この家をどん底に突き落とすこととなった。

克男が旧制中在学中、文乃助は脳卒中で床に就いたままとなった。当然一家は窮乏。姉達が女学校卒業後働いていたので、克男は中学卒業はできたが、生活振りは一変した。何しろ文乃助は金は天下の回りものと言って、貯金もせず、家も土地も持たず、下町の長屋にずっと住んでいたのだ。そこに何もしない龍男はいるわ、病人はいるわで、どうしようもなくなった。

どうにか中学卒業後、克男は電通公社の地元支局に就職。戦時下で働き始めた。戦中ゆえ生活は細々としたものであった。何もできなくなった父を抱え、一家六人で身を寄せ合うのみだった。

その父も戦中に病没。その後克男は陸軍に召集され、中国大陸へ送られた。ヘナチョコ男でもぎりぎり兵員に合格。通信兵となった。一方、もう一人の男龍男は徴兵検査も落ち、舞鶴に送られ、徴用に就いた。一応、絵描きを気取ったこともあり、潜水艦の設計図書を手伝わされた。

ひ弱な克男は軍隊でよくぶん殴られた。強い兵士の苛めの絶好の標的となった。しかし、敗戦後のシベリアでの強制労働はまだひどかった。よくも生き残れたと克男自身、不思議である。ろくに食事もできず、冬ともなればろくに暖も取れず、多くの日本人が死んでいった。案外体力的に優れた男達から死んだ。自身の体を過信したのだ。一方、克男は無理は避けた。その分汚れ仕事をした。便所掃除とかをやった。冬場には凍った大便のピラミッドをツルハシで叩き割った。その破片が顔につき、体温で溶けた。生きるためだった。そのほかにも馬に舐められ、振り落とされ、川に落ちたり。生き地獄だった。

しかし、その日々も終わり復員した克男は、故郷のこの日本海側の都市に戻り、電通公社の支局で再び働きだした。だが、ここでも生き地獄は続いた。あの兄のせいだった。帰郷した時、長姉の小夜はいなかった。終戦後まもなく東京のある男に嫁いだ。しかし、その後しばらくして病死してしまった。寄生虫にやられたのだ。次姉の典子はなんとか働きながら、何もせぬ兄と母を支えたが、いつしか覚醒剤ヒロポンに溺れ、使いものにならなくなった。

こんな状態でこの三人がなぜ生き延びたか、克男自身いまだ不思議である。この家で唯一の働き手となった克男だったが、老母はともかく、使えぬ大の大人二人を一人で支えるのは悲惨であった。

それからしばしのあと、龍男は結婚した。嫁を持たせれば仕事せざるを得なくなり、ましになろうと、近所の者が世話をしたのだ。

その者の名は長野と言い、女だてらに鉄工所を経営する初老の世話好きだった。

だが、これは大失敗だった。結婚後ひと月くらいは龍男も働いた。嫁の兄と共に行商したが、ヘナヘナでは使いものにならず、家でごろごろのヒモとなった。もちろん嫁は働いた、もっとも娘の出産のため働けぬ時もあったが。龍男達と克男、ヒノ、典子らは、文乃助の代からの借家で共に暮らした。

龍男の嫁にとってはたまったものではない。クズ男とその家族のために働くなぞまっぴらだ。三年ほどで離婚となった。娘を連れてこの町からも去った。ほかの男と一緒に。

離婚後、龍男は荒れた。家に残っていた家族のものを勝手に質入れしてパチンコばかり。元嫁と娘は離婚後しばらく近所にいたので、彼女らにつきまとったりもした。無論、無意味だった。

克男達も困り果てた。働き手を一人失ったのだ。生活は困窮。それと跡取息子の娘を失ったことも一家には痛手であった。かつてはこの町の名家を自負していた者達に精神的大打撃となった。離婚後、龍男は親権を取ろうとしたほどだった。

どうにもならぬ三人を一人で背負い、ボロボロの数年を克男は送った。せめて母だけを救うため、龍男だけでもどうにかしたいが、何もできなかった。実はどうすればいいかは分かっていた。ぶっ飛ばして追っ払えばいい。しかし、非力な自分にはできない。龍男のほうが体がひと回り大きいのだ。克男は誰とも喧嘩のできぬ男なのだ。これを見兼ねた女が一人いた。それは長野だった。

彼女は克男に見合いをさせ、ある女を引き合わせた。結婚させ、克男に別の所帯を持たせ、彼だけでも救おうとしたのだ。母も同意し、自分を見捨てろと言った。

相手の女の家はかつての林家と比べると、月とスッポンの下層階級。父親は飲んだくれの木彫職人、母親はリヤカーで野菜の行商をしている狂信的な女。霊媒師の言うことに従い、子供が病気となれば薬どころか御札を飲ませ、神様が助けてくれなさると言う始末。龍男のせいもあり、この馬鹿女と飲んべえ男の娘ならと長野が目をつけたのだ。その女の名は鹿野直子。市内の郵貯局に勤めていた。

どん底の暮らしから脱出せんと、克男はせいぜいいい人ぶった。子供の頃から周囲には愛想だけよかった克男には、お手のものだった。しかし、龍男のことに気づいた娘の父が反対、克男のひ弱さも見て、女のほうも縁談を断ろうとしたが、長野が助けた。馬鹿母を騙し信用させ、あの長野さんが言うのだから信用できる、反対するあんたは馬鹿と宿六に反論させた。そして克男も、あなたが最後の希望なぞと台詞を吐き、どうにか女を落とした。

しかし、結婚後も波乱続きだった。新婚直後から二人で借りた長屋の下宿に毎日龍男が来ては夕飯を食い、克男から時には金をもらっていった。その下宿は克男の生家の近所だった。

当然女は怒った。克男にも龍男にも激しく文句を言った。そう言われて克男は立腹して逆恨みをした。以来、腹の底にその思いはしまい込んでいる。とうとう女は実家に帰った。彼女の実家もこの下町、この都市の中心街から一キロほど離れた一帯にあり、近所であった。

克男は離婚も覚悟した。何せ当初から女の薄給目当ての詐欺だったのだ。家を出たあとも龍男に金をやらぬ訳にはいかないと、克男は踏んでいた。龍男はヘナチョコ男だが、弱い相手にはとことん態度がでかく、脅迫的でさえある。もっとも、それができるのは自分より弱い林家の者に対してのみだ。克男は龍男が怖くて仕方ない。金を出さなきゃ何をされるやら。それと盗みでもしたら世間にどう言われるか。だから従うしかない。その取られた分を女に補填してもらい、少しはましな生活をと結婚したのだ。兄がいるとは言ったが、その状況は言わなかった。

女は悩んだ。が結局克男の許に戻った。当時の社会状況、世間がそうさせた。この頃、離婚した日には出戻りと呼ばれ、大変白眼視された。克男は直子にそのうちどうにかするからと、人のよさそうな態度と共に嘘をついた。そして引き摺り込んだ。無論、心にもないことだった。自分は兄に対し無力だ。諦めていた。人のいいふりをして周囲の情にすがるしか、生きる術はない。こんな内心に気づけぬ女は、共稼ぎの生活を続けたのであった。

こんな生活が早十二年にもなる。共に働いてきたので暮らし向きは相当ましになった。一年前には電通公社が斡旋したこの都市の郊外の土地に家も建てた。平屋だった。

この間母ヒノは老衰で死んだ。死亡時、ヒノの周りにものは何もなかった。龍男が皆質入れしたのだ。姉の典子は仲居として働くようになった。龍男は相変わらず、克男に金をせびりパチンコをしながら極貧の生活だ。最近では妹からも金をせびっている。いつやら絵筆を再び取ったが、銭にはならぬ。が、絵を描くことは続けている。

かなり平穏になってきた中、克男にはなんとしても欲しい者がある。子供だった。することはしているが、どうにも子供ができぬ。もう十年以上も経っている。どうしてかと夫婦で市内の大学病院で診察を受けたら、不妊症と診断された。克男に問題があった。精子の数が少ないのだ。性交による妊娠が望めないと言われた。ゆえに人工授精に懸け、林克男はここにいるのだ。

妻は人工授精してまで子供を望まないとこの治療を拒んだが、やんわりと克男に説得された。

克男はまだ、林家を名家だったと敬っている。その血を絶やす訳にはいかぬ。そのためならなんでもする決意をしていた。だが、それでもマスターベーションをして出した精液を紙コップに入れ、それを医者に妻へ入れてもらうなんて情けない。でも跡取りは欲しい。それと種なしと呼ばれるのは悔しい。子供さえできれば悩みも消え、全てうまくいくはずだ。克男は自分にそう言い聞かせた。

時間になったらあの女を迎えにいって、せいぜい、いい人ぶって労いの言葉でもかけるとするか。克男はそう思いつつ腕時計に目をやった。周囲には誰もいなかった。大学病院と言えど、午後からの特殊外来ともなるとそう人も多くない。しかも克男は人のいないところを選んでいた。こんな時、こんなところで誰とも会いたくなかった。

孕めよ馬鹿女と克男は心の中で言った。こんな思いまでさせてもなお、克男は妻を大事にしようとも思えなかった。高等小しか出てねえくせに俺様に文句を言いやがってと、まだ根に持っていた。自身、たいした詐欺師と思う時もある。元の家族以外、誰からも本性を気取られてはいないのだ。あの女の親族も皆馬鹿さ、詐欺で訴えることもしねえとも思っていた。病院の白壁が雪の如く冷たく見えていた。

冬でも緑の松林の近くに、淡い緑色の薄い金属で覆われた平屋の家がある。屋根は灰色の瓦葺。南側の道路に面したほうに二つの居室、北側には東から汲み取り便所、台所、風呂場と続く。東側にも道路はあり、角屋敷だ。東側の玄関の前には、鉄柱を組み立てた上に薄目のプラスチック板が置かれた、自動車用の雨避けがある。そんなに高くないブロック塀で囲まれた土地は、五十坪ほど。家がこぢんまりとしているので、東南の庭以外にもわりと空地もある。北西の風呂場の裏の地には、トタン屋根の物置小屋が建つ。かつて克男が勤務し、また妻も働いていたオフィスビル群、もっとも二人のオフィスは別々だったが、が建つ、市の中心街からバスで約二十五分。北に十分歩けば日本海。ここは克男の家だ。

時は初秋、戸が閉まった玄関先に半袖で青いワンピース姿の、中肉中背、百五十七センチほどの女が立っている。齢四十、丸味を帯びた顔に眼鏡をかけ、鼻は低く豚のように穴が上を向く。髪は短目でパーマをかけている。克男の妻直子だ。

「三日にあげず金を借りに来て、こっちも大変なんですよ」と直子が困り声で言う。

「分かっている。けどしょうがねえだろ。絵も売れねえし。まあそんな言わんで金貸してや。人情じゃねえか。餓死させせんなよ」

玄関にしゃがみ込んでいる男が言った。龍男だ。オールバックにした髪は肩にかかるほど、細面でやつれた表情が常。折れそうな痩身に白い半袖のワイシャツと灰色のズボンを着けている。上下共つんつるてん。なぜなら克男のお下がりだからだ。

いくらかの言葉のやりとりのあと、金をもらった龍男は礼も言わずに去った。

「あーもー金がない、どうしよう」と直子が独りごつ、つらそうに。眉根も寄せられている。

今、この家に克男はいない。県都であるこの都市から幾分内陸に入った、同県内の別の市の電通公社の支局に勤務し、単身赴任中だ。土曜の夜から月曜の朝まではこの家で過ごしている。そして、直子は専業主婦をしている。複数世帯に稼ぎ手は一人、おまけに大の男のお荷物つき。家計は火の車だ。なぜ直子は勤めを辞めたか。その原因が部屋の奥から直子を心配そうに見つめていた。

広い額にくりっとした目、穴がやや上を向いた鼻、短くさっぱりとした髪、小ざっぱりした半袖半ズボンのいでたち。小さな男の子だ。名は優児、そう克男の息子である。

一九六五年十一月二十四日に彼は生まれた。不妊治療の甲斐があったのだ。夫四十、妻三十六の高齢出産ゆえか、やや難産であり、頭部に吸盤のような器具をつけてこの世に引き出された。体重二千五百グラムちょっとで未熟児寸前だったが、保育器には入れられずに済んだ。

その後も成長の遅い弱い子だった。直子は母乳の出ぬ体質でミルクで育てたが、飲みはよくなかった。二歳の冬に肺炎で死にかけた。その後結核に感染、予防薬をかなり長期間飲まされた。医学が生かした子なのだ。

今度誕生日を迎えると四歳になる。もう物心はついている。もちろん立てるし歩ける。突っ立ったまま母に声をかけた。

「お母さーん、大丈夫」

「あんたは心配しなくていいよ」と直子が答えた。可愛い子供を見て表情を緩めた。

「喉渇いた」と優児。

母親は子供を台所に連れていった。六畳ほどの台所の中央にはテーブルが置かれ、北側の窓の前に台が備えつけられ流しもある。台の上にはガスコンロが、その左上の棚には鍋やボウルが並んでいる。

直子がガラスのコップにまず砂糖を少し入れ、それから水道水を注ぐ。そして掻き混ぜ、子に渡した。砂糖水だ。

ジュースに比べるとまずいと思いながら、優児はそれを飲む。溶けていない砂糖がコップの中でくるくる回っている。

今日この母子は昼食を摂っていない。今日が特別な訳でなく、ここのところの常だった。金がないのだ。よくないと分かっているが、子供の食が細いこともあり、直子は一日二食で凌ぐ母子二人の生活を続けている。

出産後、直子は郵貯局に復帰したがったが、克男が反対し、職も辞めさせた。直子は働いている間、自分の母に子供の世話をしてもらおうと提案したが、克男は拒否、認めなかった。表面上やんわりと妻を説得したが、内心ではとんでもねえと断固拒否だった。

克男は直子の母福を、態度には決して出さぬが、馬鹿ババと心底軽蔑していた。何しろ福は娘が子供の頃中耳炎を患っているというのに、医者にも見せず、紙の御札に頼り、慢性化させた、言わば前科がある。そのツケを娘は結婚後、払わせられた。いよいよ悪化し、右耳は手術を受ける破目となったのだ。その結果直子はかつて泳げたのだが、二度と水泳のできぬ体となった。水が耳に入ると目が回るようになってしまった。それ以外にも福を見ていると、こいつはとんでもねえ粗忽者と分かる真似ばかりしでかす。やっとできた跡取り息子を預ける訳にいかなかった。

直子は国家公務員を二十年以上続けたとあり、かなりの退職金を得た。それで家や土地のローンは完済した。にも拘らず、登記上の所有者は克男のみであった。さらに、余った金で新車も購入。直子は免許がないので、運転するのは克男のみであった。その貯金ももう底を突かんとしている。来年には子供を幼稚園に入れなければならないのに、この状況。どうしたらと直子は頭が痛い。

優児は貧乏は嫌だなあとつくづく思っていた。どうしてお父さんは、お母さんをあんなに苦しめる奴をやっつけてくれないんだろうとも思っていた。そして、ときどきやって来て、街中でお子様ランチを食わせてくれる、柔和な表情の父を思い浮かべた。幼心にも暗い影が差していた。

一九七〇年四月、日本中が万博に沸く年の春、林優児は近所の幼稚園に通い始めた。一応私立のミッション系ゆえに、入園前に試験があった。優児はこれに落ちてしまった。集団での試験中に、見守っていた母親の許へと泣きながら行ってしまったのだ。だが、辞退者が出たので、補欠の彼はこの幼稚園に通えることとなった。

優児は同年代の子供達と比べると極めて甘ったれだった。食生活はひどかったが、それ以外母にベッタリ。直子も遅く生まれた一人息子ということもあり、便所にまでついてくるこの子とベッタリだった。父克男も跡取り一人息子とあれば、きつい躾をする気もなく、家にいる時はベタベタしていた。もっとも、箸の持ち方や人に迷惑をかけぬよう、最低限の躾はしていたが。

こんな甘えん坊も近所の子供と遊んだり、幼稚園で集団生活をして揉まれているうちに少しは変わるもの。克男を青褪めさせる行動に出た。

それは初夏の土曜の晩のこと。林家では西側の居間で四人が背の低いテーブルを囲み、食事をしていた。克男、直子、優児、それと龍男。皆胡坐をかいていた。龍男は例によって金をせびりにやって来た。そのかわりに売物にならぬ色紙を持って。ついでにちゃっかり相伴にあずかったのだ。

飯も食ったし、銭もらって帰ろうと龍男が克男に言った。

「金借してや」

「こんな奴に金やっちゃ駄目だ。家もお金もないんだ。いつもお母さん苦しんでる。こんな奴やっつけてよ、お父さん」

幼い声だった。優児が言ったのだ。

克男は驚きの表情を見せつつ、内心青くなった。兄貴を刺激されたら自分がやばい。

「おじさんになんてこと言うんだ」

優児の着る長袖のシャツの襟を掴み、引き摺って部屋の押入れにぶち込もうとした。

優児は足をばたつかせ、抵抗を試みる。半ズボンから下のタイツに覆われた両足は宙に伸びた。そして空しくまだ動いている。大人の力に対して為す術なしだ。

食事のあと片付けをしようとしていた直子が優児を助けようとその腕を掴み、押入れに入れさせまいとする。

「この子は悪くない」と大声を出す直子。

「なんだと、このー」と克男。

二人は睨み合った。

「うわーん」と優児は泣き叫んでいた。

一家団欒はぶち壊しとなった。

「おい、とにかく金」と龍男は克男に催促、目的を遂げそそくさと去ろうと立ち上がった。

突っ立ったままの弟と服装が似ている。長袖の白いワイシャツに灰色の長ズボン。ま、龍男のほうがつんつるてんだったが。小柄な弟のお下がりなのだ。

克男は家にいる時でも、仕事中と変わらぬ身なりだ。お洒落する金もないからだ。

龍男が去ったあとも夫婦の口論は続いた。

「おめえ、どういう躾してんだ」

「この子は正直なだけよ、あんたが悪いのよ、もう本当に大変なのよー」

延々と続く父母の口論を前に何もできない優児は、「あーん、あーん」と泣きながら、幼心を痛めていた。切なかった。

明けて翌日の朝食後のことだった。昨晩と同じ食卓を囲みながら、克男は優児を軽く睨みながら言った。声に怒りを込めつつ。

「いいか、子供は目上の人に何も言うな。それが礼儀だ。俺の兄貴だぜ」

優児の目がきっと吊り上がった。そして言った。

「僕は悪くない。あいつが悪い」

幼いなりに必死さが滲んでいる。

「あの人はおめえの伯父さんだ。二度とあんなこと言うな」

「嫌だ。あんな奴、二度と家に来れないようにやっつけてよ」とさらに優児が言い返す。

「なんで言うこと聞かねえんだ。おめえなんか家の子じゃねえ」と克男は叫んだ。自分が駄目男で子も守れぬことは重々承知だ。が、こんな幼児に言われれば腹も立つ。

「じゃ、こんな家出てく」と優児は言うや、玄関に走った。

「おう出てけ」と克男が怒鳴った。

バタンと玄関のドアが音を立てた。

克男は目を丸くした。なんてガキだ、本当に出ていった。あいつは俺と全然違う質を持ってやがる、そう思った。

家出と言っても幼児のこと、行く当てもなかったので、近所の住宅街をうろちょろしているうちに直子に見つかり、連れ戻された。

この一件からひと月も経った日曜のことだった。一応、仲直りをした父と子は、同じ居間でウルトラマンと怪獣ごっこに興じていた。

もう衣替えの時も過ぎ、二人共半袖姿。小さいほうは半ズボン、もうタイツも履いていない。

「ウルトラチョップ」と幼い声が響くや、小さな右の手刀が克男の股間を直撃した。ずーんと応える痛みに堪らず、克男は両手で急所を押さえて畳の上に引っ繰り返った。苦悶の表情を見せていた。

それを見た直子は飛んできて、息子の頭を軽く平手で叩き、軽い怒声を上げた。

「なんてことすんの、危ないわよ」

優児はポカーンとした顔で、ただ突っ立っているのみだった。彼は子供同士でも喧嘩はするなと躾られてはいた。しかし、それでも子供は多少喧嘩をするものだ。そのことは両親共弁えていて、どうしてもするなら目や金的だけは絶対に打つなと、ここだけは強く言われていた。しかし、やるなと言われれば言われるほど、やってみたくなるもの。そして、とうとうやっちまったのだった。

　数分後克男は起き上がり、柔和な表情で子供の頭を撫でた。今度は怒らなかった。家を飛び出され、交通事故にでも巻き込まれたら困る。

「いいか優児、こんなことほかの人にすんなよ」と優しく諭した。

　その優しさは上辺だけのものだった。内心はこのヤローだ。克男は息子の質は母親と同じと認識した。直子はスポーツが得意で、卓球の市民大会で優勝したこともある。気性が激しいところがある。だから克男は直子に手を上げたことがない。上げられないのだ。逆に叩かれそうだ。もっともさすがに直子も男に手は上げるほどでなかったが。その直子を、克男はまあまあなあなあで手懐けてきた。兄のことで口論しても、いい人ぶって人情じゃないかと言い、丸め込んできた。馴らせば人は馴らされるもの。男相手にスマッシュを決めて喜ぶ女も馴らしてきたのだ。この、幼稚園の組で一番チビのガキも同様にしてやる、そう考えた訳だ。

　優児は相変わらず小さい男子だった。それには理由があった。彼は偏食だった。母親のせいだった。無学な彼女は栄養バランスの重要性なぞ知らなかった。アンコ玉でも子は育つと思っている。克男も食生活のバランスに気を配るほうではない。戦前からのままだ。内容は詳しく知らない、というより好きでなければ知ろうともしない克男なのだが、食のバランスが大事なくらいは知っている。でもそれを家に持ち込む気はない。子供に大きい男になってもらいたくないのだ。戦後、栄養状態の改善により若者の体格は向上した。それが自分の子供に起きては困る。男の社会で小さい奴は不利だ。どうしてもでかいのに気圧される。自分はこんな男だ。それでも子供をコントロールしたい。チビで優しい男らしくない子でなくば、自分は将来何をされるやら。こんな食生活でも近代医学がなんとかしてくれるだろ。肺炎の時は体を冷しただけだ。薬で結核も免れた。そう思っていた。

「いいか、優児、ほかの人に乱暴しない。兄貴みたいに困っている人にも助け舟を出す。そしてクラシック音楽だとか愛する、俺みたいな人になれ」と克男が言った。

隣の部屋に、小さい家に不釣り合いな大きいステレオがある。機械いじりが好きな克男の趣味は自ら音響装置を組み立て、それでクラシック音楽を聞くことだ。

そう言われても、優児は心の中で父を拒絶していた。ポカンとした顔は普通に戻っていた。僕はお父さんになるのは嫌だ。いい人じゃ食えないだけで、こんなに弱くちゃ悪い奴にやられちゃう。人情なんてない強い男になってやる。そう心の中で呟いた。

息子よ、お前は母同様、気づかぬように支配してやる。この高尚な林家のために生きていくんだ。克男は心の中でこう言った。全くいい人ぶるのも楽じゃねえ、この前みたいなのは、まずいわな。そうとも言っていた、心の中で舌を出しながら。

妻同様、克男も悩んでいた。一応機械保全の課長となり、日本の経済成長に伴い、前年より月給も増え、子供を幼稚園に通わせ、昼食も毎日摂れるようにしてやれることとなったが、あの兄はまだいる。家計は赤字のまま、もうすぐ貯金残高はゼロになる。龍男は金をせびる時借りると言うのが常だが、返すことはない。あの糞兄貴、売血までしやがったのに、変なトコでプライドたけえし。生活保護は嫌がるし、課長になりゃ残業はつかねえし、冬のボーナスまだかかな。夏のはあのガキのためなんぞに消えたし、全くよくやってるぜ。でもほんとにこれからどうする。さまざまな台詞が心中で浮かんでは消えた。そうしていたら、ハッと思いついた。この支局に課長として赴任して早一年半は過ぎた。そろそろ異動の頃だ。電通公社は労使の仲は悪くなく、普通の労働者はなるべく自宅にいられるようにしている。一時的に離れても数年で戻してくれる。それを逆に利用し、どこでもいいと希望すれば、この土地を遠く離れることができるかも。そうすりゃ兄貴も生活保護に縋るだろ。何せこのブロックの範囲は広いんだから。よし、こいつだと内心で叫ぶ克男だった。

最近優児は前のような狼藉はしなくなった。子供なりに己の無力を悟っていた。だからといって諦めた訳でなく、将来大きく強くなり、龍男なんざスペシウム光線でぶっ飛ばしてやると思っていた。彼の夢はウルトラマンかウルトラセブンになることだ。こんな、チビだが極普通の幼児だった、ある親類に対して青白い復讐心を燃やす以外は。問題は起こさなかった。たまに幼稚園を病欠したが、だんだんと丈夫になりつつもあったのだ。

この息子の双眸を見つめながら、休日に父親は柔らかい眼差しと口調で語りかけた。

「人に気を配るんだ、何かあっても喧嘩しないで、自分が悪くなくても、引いて、心の広さを見せるんだ。そして、あの人はいい人と言われれば勝ちなんだ。人を助けりゃ助けてもらえる。この世の中は人情なんだ」

しかし、優児は頷きもせず、ただ聞き流した。誰が人情をあんな奴にかけるお人好しになってたまるもんかと、心の奥で反発していた。彼は決して龍男を「伯父さん」と呼ばない。こんな彼でも近所の遊び仲間や母や父に、親愛の情は持っていた。一応、優しい父と思っていたのだ。が、頼れないなあとは痛感していた。

翌一九七一年春に、克男は転勤の辞令を受けた。その地は自宅のある市より北へ百キロ以上離れた、南東北のある都市だった。異なるブロック、電通公社は全国の県をいくつかの集団に分け、その中のひとつの都市に本部を置き、統括させ、さらにそれを東京が総本部として治める制度を採用し、その集団をブロックと呼んでいるのだ、ということで克男は驚いた。まさか隣県でもブロック外とは。通常はない異動なのだが、たまに人の交流をということだった。ちなみに将来、総本部へ行く大学卒のエリートは全国各地に飛ばされる。

こうして克男ら三人は、東北某市にある電通公社所有の平屋建て一軒家の社宅で生活をし始めた。自宅は他人に貸した。

元住んでいた市に比べると人口が遥かに少ない市の中心部に、電通公社の支局はあった。そこから一キロと離れていないところに同じ造りの社宅が四軒並んでいた。中心部に二軒デパートがあった前の市と違い、一軒もそんなもののない街だったが、直子はここでの暮らしがすっかり気に入った。社宅の広さは自宅と変わらないし、風呂も台所もまあまあ、東北の人々はあったかく、夫と同じ支局に勤める男達の奥さん方との近所付き合いは楽しいし、そして何より龍男がおらず、結婚後初めて生活が楽になったのだ。晴れた日には、自転車に乗って買物に出かけた。コンパクトな街も悪くない、住めば都の直子であった。

一方優児はこの町が嫌いだ。デパートがないではないか。前は貧乏でもたまに克男が一家を連れ、デパートへ、そしてお子様ランチかホットケーキてなことがあった。克男の御機嫌取りだった。ない以上どうにもならぬ。それと繁華街の賑わいが好きな優児にとり、この東北の市は退屈そのものだった。

克男はこの地でよく酒を飲んだ。付き合いで職場の同僚達とであった。若い頃は実に酒の弱い彼だったが、長い間のサラリーマン生活がいける口へと変えた。もっとも東北の男らは、克男よりもまだ酒が強かったが。

休日前夜にはしょっちゅうお付き合いがあった。いい人ぶっている克男は誘いに決してノーと言えず、毎回付き合った。そして周囲に気を配りながら、酌をして回った。このお付き合いは優児を実に不快にさせたのだ。

「ほれ優児起きろ、お父さんのお帰りだ。ほれ、お客さんに挨拶せえ」

背広にネクタイ姿を少し乱し、顔を赤らめた克男が布団をひっぺがし、息子を無理やり起こそうとする。

眠そうな子供の顔には困惑の色が滲み、眉と細められた目が下を向いている。

この土地に来てから、なんでこんな目にばかりとパジャマ姿の優児は眠気の中で、言葉には出さぬが、ぼやく。そして父の同僚の男に「こんばんは」と眠そうな顔で、頭を下げながら言い、また寝床へと向かった。

再び暗くなった部屋で布団を被る優児の耳に、酔っ払い達と母の会話が聞こえてくる。眠いってのにクソーと心中でぼやく。

これ以外にも、酔った克男は息子に醜態を晒した。ゲロは吐くわ、ひどい時には小便まできびった。

東北の酔っ払いなんて大嫌いだ。俺は一生酒なんか飲まないぞと優児は誓った。

こんな優児は昆虫採集に興味を持ち始め、網を振り回して遊んでいた。雨の日は昆虫、植物、鳥、動物等の図鑑を見ていた。彼は自然のものに興味を示していたのだ。また、転入した幼稚園で友達が一人できた。国立大学農学部助教授の一人息子で、名は山口直樹。おっとりとした表情の男の子で優児より少し体は大きいが、小柄であった。この市には国立大の農学部だけがあったのだ。そして大学助教授である直樹の父は、東大出身であった。

もっとも誰もそれは言わないので、優児もその後直樹の母と仲良くなった直子も知ることはなかったけれど。

総じてこの市での生活は、優児にはいいと言えるものではなかった。これゆえ一番の楽しみは市外にあった。夏休みなどに帰郷する際宿泊させてもらう母の実家での数日の生活が、彼にとっては至福となっていた。

実家と言っても借家で、古い長屋だ。デパートやかつて直子が働いていた郵貯局が建ち並ぶ市の中心街から北東へ一キロと離れておらず、下町の中にある。アーケード付きの商店街から小路へ折れると数軒が連なり、その中ほどにある棟が鹿野家だ。一応二階建て、両階共二部屋、便所や台所はあるが、風呂なしだ。外部も廊下も黒ずんだ板張で、おんぼろっちい。階段の縁は丸くなっている。こんな古家だから二階では激しく動くのは厳禁、床が抜けたら困るから。以前、かなり痛んで補強工事がなされていた。小路に面する便所は汲み取り。

ここに直子の兄、鹿野良介を主に、六人が暮らしている。直子の父杉夫、母の福、そして良介の子供である恵利子、麻紀子、今日子の二つずつ歳の離れた三姉妹。長女の恵利子は優児より十二、ちょうどひと回り年上だ。彼女らの母は、二年前に血液の病で亡くなっていた。

良介は市内で大手運送会社の支店に、営業として勤務。身長は人並、細長い顔の上部を覆う短髪の下の目はやや垂れ気味。長女は私立高三年で髪が肩までのセミロング、目がくりっとしている。陸上部とあって足腰がしっかり発達し、プロポーションがいい。背は普通の高さ。中学時代は生徒会副会長を務め、まあ優等生。ただ、高校受験で第一志望の市内一レベルの高い公立女子校は落ち、私学に通う。地元国立大に行ける学力はなく、経済的理由から来年からは就職し働く予定。二女麻紀子は顔も体も細く、中学時代肺を病み、病気の子を集めた学校に通った。彼女もまた第一志望の市内の公立商高に落ち、私立女子校へ。クラス一長身。髪形はロング。三女の今日子も近所の公立中のクラスで最も背の高い女の子。髪はショートで活発な性格。祖母の福は齢六十三、丸顔で穴が上向きの鼻、髪は白く、背も低い。福の連れ合い杉夫は六十九歳、いつも地味な色の和服姿、短い白髪がぽつぽつ生えている。

　決して豊かでなく、入浴時には歩いて一分くらいの銭湯に通う暮らしだけれど、小路からはよく笑い声が聞こえてくる。明るく日々を送っている。そんな一家だった。ただ問題ジジイが一人、杉夫だ。

　杉夫はお調子者だ。第二次大戦末期、この市に原爆投下の噂が流れ、一家は疎開した。長男は兵役に就いて男は杉夫しかいないというのに、このジジイときた日にゃ、「先に目的地の偵察だ」と言い、荷物運びを女達にさせ、彼女らが疎開先に着いた頃にひょっこり姿を見せたエピソードを持つ。それに大の飲んべえだ。借金もする。といっても博打絡みではなく、飲み屋のツケだけれど。たいした額でなくとも女房の福はよくぼやく。それを見た孫の恵利子に両手でど突かれ、玄関の土間にすっ転げさせられたこともある。そんな時はへらへら笑ってごまかすジジイだった。ただ、本は読むほうだ。それゆえか、戦中他人に聞かれぬ範囲で「日本みたいな小国がアメリカに勝てっこねえ」と言っていた。彼は子供の頃親戚の家をたらい回しにされ、カビた飯を食わされるなど苦労していた。旅芸人の父を持っていたため、生活が不安定だったのだ。それと継母と上手くいかなかったり。そのため性格がひねていた。

これと正反対で息子良介は極めて素直。妹直子が病気時の御札に疑いを持つようになっても、彼は信じてごっくんだった。戦中は自ら兵士に志願、ところが検査で不合格。それを恥じて、自ら肉体を鍛錬し、再挑戦。そして兵役に就いた。今でも戦争映画を好む。だからといって荒い気性はなく、温和で陽気だ。妹直子はこの兄が大好きだ。彼の陽なる面がこの長屋の娘らを明るく照らしていた。

優児はもともと彼らが好きだった。皆「優ちゃん、優ちゃん」と呼び、可愛がってくれた。ただ、東北に移り住む以前はこの家に来ることはあまり好きではなく、来ればすぐ「帰ろう」と言いだした。自宅のほうがよかったのだ。だが今やこの家は自宅よりもずっと素敵なところとなった。デパートには近いし、銭湯で入浴後に飲むコーヒー牛乳はおいしいし、そして何より、寝食を共にしてみたら、この家の雰囲気がすっかり気に入ったのだ。

自宅ではテレビのチャンネル権を持つ克男が、ＮＨＫのニュースだけは譲らない。優児は堅い番組が嫌いだ、ま、子供だし。一方、鹿野家ではニュースの時でも民放だ。ニュースの中身なぞ分からないことだらけの優児にも、様相の違いは感じられる。砕けた感じが優児には好ましい。それ以外の番組でもＮＨＫのものは苦手だ。堅苦しいのだ。克男はこちらを好んでいるけれど。もちろんここでは克男にチャンネル権はなく、ＮＨＫの番組が流れることはない。それが優児には実にありがたかった。

民放のテレビ番組を見ながら大勢で囲む食卓。お盆の墓参りに両家で行き、帰ったあとだ。今日の夕食は素麺だ。テーブルの上には黄色のトウモロコシや緑の枝豆も並ぶ。クーラーはないので戸は開けてある。もっとも網戸があるが。

わいわいがやがやとした食事が終わり、克男はふうーと息をつき、煙草にライターで火をつけた。顔は赤らんでいる。義父と義兄の晩酌に付き合ったためだ。酒量はたいしたことはなかった。

一応客が来ているので鹿野家の父子も普段より量は控えた。良介は一日五合くらいは飲むのが常だ。そして飲んだあとで近所のラーメン屋から出前された一杯のラーメンが大好きだ。母親がリヤカーを引いて野菜を売っていたというのに、野菜嫌いでほとんど食わない。この点、妹の直子も同じだ。

良介は半袖の白いワイシャツ姿で、食卓を挟んで克男の向かいに胡坐をかいている。赤ら顔で気分がよさそうだ。その左には半そでシャツにステテコの義父が胡坐をかきつつ、右手で団扇を扇ぎ、赤く熱い顔を冷まそうとしている。御機嫌の様子だ。

二人を見ながら克男は心の中で呟く。なんでこいつらと寺まで同じなんだ。

長屋から徒歩で二十分もかからぬところに寺が多くある町があって、そのうちのひとつの寺に鹿野家と林家の墓がある。ただ、こちらの寺の林家のそれは女性のみを納めており、林家の男達が納まる墓はほかの寺にある。もっとも、その寺同士の距離は至近だが。

いい歳こいて、子供と一緒にくだらねえお笑い番組なんざ見んなよ。父ちゃんなんて呼ばすな、さんにしろよ。克男の無言の呟きは続いた。たまにゃＮＨＫの堅いのも見ろよ、教育上よくねえよ。

克男は鹿野家の雰囲気を嫌っている。もっともおくびにも出さぬが。それと彼らの好きなドリフターズが大嫌い。馬鹿臭いからだ。さらにこの家の娘達が夢中になり、わりと優児にチャンネル権を譲ってくれるが、これだけは譲らぬ「巨人の星」が大嫌い。何が根性だ、この科学の時代に、という訳である。

克男は父を思い出した。周囲から仏と呼ばれた父を。ただ、それは上辺のみ、家中では大威張りをしていた、とりわけ自ら身受けした元芸者の母には。

蛍光灯に照らされた部屋の網戸の向こうにも、光が、さまざまな色彩を放っている。半袖半ズボンの息子と半袖スカート姿の三姉妹が花火に興じている様子を、克男の目が捉えていた。

でも、この娘達は本当に気立てがいいな。克男は心の内でまた呟いた。

その雰囲気はともかく、克男はこの家の三姉妹は好きだった。「叔父さん、叔父さん」と慕ってくれる彼女らは愛しかった。

花火をしながら優児は社宅に帰りたくないと思っていた。優しい従姉妹達に遊んでもらって楽しくて仕方ない。

一方、克男は早く現在の自宅に帰りたかった。自分のステレオでクラシック音楽を聞きたかった。

家もあっちへ行ってからやっと電話をつけられた。ま、家は貧乏だったしな。にしても日本は伸びてるなあ。ダイヤル式の黒い電話機を思い出しながら、ふとまた心の中で克男が呟いた。

緑色で渦を巻く蚊取線香が臭いながら燃えていた。その脇に中身をくりぬかれ、人の顔のように彫りを入れられたスイカが置かれていた。真夏の夜だった。

小路の逆側の奥にある台所では、母娘が食器を洗っていた。

「今日行こうとした時も花忘れそうになって、相変わらずだね」と直子。

「仕方ないよ、一生もんさね」と福。さすがに戦後は神の札に頼らなくなったとはいえ、やはりまぬけのままだ。

青い半袖ワンピースの娘と、半袖で古く質素な白いブラウスに黒もんぺの母は顔を見合わせ、「ふふっ」と思わず笑い合った。

改善された生活を送るうち、克男にさらなる朗報が届いた。

故郷で一人暮らす龍男が結核で入院、ついに生活保護を受けることに同意したのだ。

全く手間取らせやがって、春にゃ無賃で列車で来て俺に払わせたりで。ま、いいか、やっと上手くいったと一人喜ぶ克男だった。そういや、前々から咳をしてた時もあったっけな。あの野郎、いつ菌に感染しやがった。ひょっとして優児に移しやがったのか。こりゃ、あのガキにゃ言えねえやと、悩みの尽きぬ克男でもあった。

東北の長い冬を、図鑑を見て過ごした優児にも春が来て、卒園、小学校入学の時を迎えた。卒園時の文集に将来の夢は学者と優児は書いてもらっていたが、本心ではなかった。最早ウルトラマンになれると思うほど幼稚ではない。虫や花や鳥や動物の写真を本で見ることが大好きになった彼は、これら自然のものを見て生きていける者はと親に訊いたら、学者と教えられた。その後しばらく学者になろうと思っていたが、友達山口君の父を見てやめることにした。学者って貧乏だと思い知ったからだった。金のない惨めさは骨身に滲みていた。ほかに思いつくことがなかった訳だ。

入学前には蛍光灯に温度計、湿度計、目覚まし時計、回転式カレンダーつき、引き出しが四つもあるスチール製の学習机を買ってもらった優児だった。

買った克男も気分はよかった。贅沢をさせてやれる自分が誇らしかったのだ。

黒いランドセルを背負い、私服で通うこととなった小学校は、各学年五つばかりの学級を持つ。年季の入った黒ずむ木造校舎は、おんぼろだった。

顔つきも性格も優しい中年の女性教師に受け持たれた優児の日々は、可もなく不可もなく。ただ、身長が組で一番低いのは相変わらず。おとなしく真面目に小学校生活を送っていた。背の低さ以外、外見上特別なものはなかったが、口内は違っていた。みそっ歯だらけだったのだ。

林家は皆歯が悪かった。食の好みは克男が辛党、ほかの二人は甘党と差異はあったけれど。三人共、就寝前の歯磨きは欠かさないのだが。

一応順調な小学校生活の滑りだしだったが、夏休み前に躓きがひとつ。今までは罹ったことのない結膜炎を患い、しかもどういう訳かこれが夏場、水泳の授業が始まる直前で、優児は初期教育を全く受けられず、同級生らが一年生用の浅いプールで水に慣れるための訓練を受ける様子を、ただ見学するだけとなった。

眼病が完治したのは夏休みに入った頃で、夏休み期間中に行われる水泳の授業には参加できた。しかし、これが初期訓練用のプールでなく、いきなり深いプールであったため、優児は黄色い水泳帽に紺の海パン姿でうろうろするのみ。プールに入ったはいいが、水に顔もつけられず、ただ歩くだけだった。

このざまを見た優児のクラスの隣のクラスを担任する、ヒステリックに厳しく評判も悪い、鬼瓦みたいな面の中年の女教師に何度も頭を水中に突っ込まれ、それこそ死ぬかと思った。その結果、水泳恐怖症となった優児だった。

克男は息子に泳ぎを教えようともしていなかった。克男は一応泳げる。

この年の秋、克男は電通公社勤続三十年で表彰を受けた。そして、翌年の春に再び、故郷の市の支局に転勤となり、一家は元の自宅に戻ったのだった。


二年ぶりに戻ってきた自宅は、ブロック塀や土台がかなり傷んでいた。それでも優児は故郷に帰れて嬉しかった。直子は東北の彼の市をよく言うが、息子は逆だった。あの市のみならず東北が全て嫌だった。つまんなかった訳だ。家の傷みの原因は、市が行った下水道設備工事であった。

帰ってきたその日に、同じ通りに住む幼馴染みの川村、南両君に早速会え、喜ぶ優児に、さらに嬉しいことがあった。これから通う、自宅から東へ徒歩五分にある小学校の施設の、なんと立派なことか。鉄筋コンクリート製四階建てのベージュの校舎、白い屋根と緑の外壁の体育館、広いグラウンド。北は砂防林が控え、環境抜群。建築後二年も経っておらず、優児の目にはピカピカに映った。こいつは春から縁起がいいのだ。ちなみに川村は優児より二つ年上で利かん気そうな顔つき、南は優児と同学年、のんびりした雰囲気、どちらも中背、もちろん少年だ。

転入した優児は四クラスある中、三組に属した。担任はきつい目の中年女教師、髪も短め、中肉中背、名を風見と言った。ここでもまた優児は一番のチビだった。

以前のクラスと違い、このクラスは実に元気がいい。東北の学校に比べ、この学校自体開放的な雰囲気を持つが、その中でも取り分け生きがよかった。男女共に二十人くらいずつ、計四十人ほどの学級の中で最もおとなしいのが優児であり、風見はもっとハキハキ逞しく躾けてと親に要求した。

ただおとなしいだけの息子を望む克男は、気にするなと直子に言っていた。ちなみに優児の成績は、国語、算数、社会が5段階評価で上から二番目の4、理科が5、体育は2。克男の希望どおりだったが、最近この息子は父を悩ませていた。彼が夢中になっているものが克男の大嫌いなそれだったのだ。

そいつはプロレスだ。チビで弱っちい優児の憧れは、今やジャイアント馬場だった。今はこんなだけれど、将来はきっと大きくなれる。そしたらプロレスラーになるんだ。本気でそう思っている。そうして、最近でもたまに金をせびりに来やがる龍男をぶちのめしてやる。悪役レスラーを倒し、正統派のチャンピオンになって、金もがっぽり稼いでやるぜ、という訳なのだ。

優児とは正反対で、克男はプロレスが大嫌い。かつて街頭テレビに人々が群がり、力道山の空手チョップに熱い声援を送っていた時も、克男はそっぽを向いていた。なんであんな野蛮なのをと、プロレスのみならず、それを見る人々までも軽蔑していた。さらに克男はボクシングも嫌っている。格闘自体が嫌で嫌でしょうがない。

なのに息子の好みときたらと嘆きたいが、嘆いて済むどこじゃない。最近あのクソガキときた日にゃプロレスごっこを仕掛けてきやがる。いい人ぶるため相手をしない訳にゃいかねえが、痛いんだよ。馬鹿タレ。

居間で優児が克男に絡みつく。一応、チョップ等打撃技や投げは禁じ手。固め技で戦うのがルールである。ステテコばきの克男の足が４の字になった。４の字固めだ。必死な顔の優児の足が絡んでいる。痛いんだよ、半ズボンでてめえプロレスラー気取りか、畜生め。

「ギブアップ」と切なげに克男が言う。

克男から離れ、勝ったと目をキラキラさせる優児。

このガキ、なんでこうなんだ、誰に似たんだ。畳の上にのびた克男は心の内で叫んだ。

家ではこんな調子の優児だが、学校ではひたすらおとなしい。父親が飴を嘗めさせてくれているのはよく分かっていて、それが通じぬクラスメイトには下手に出るしかなかった。チビゆえ自信が持てないのだ。放課後に遊ぶのは同じ通りに住む二人の幼馴染みと、休日に向かいの家にやって来る小川家のこれまた年下の幼馴染みのみ。同級生と付き合いはしなかった。

優児のプロレス熱は、昆虫採集熱と共に秋には冷めた。アゲハチョウやオニヤンマ等を捕まえ標本にしていた優児だったが、ついに本命の野生のクワガタはものにできずで終わった。山に連れていってもらったが、オニヤンマしか捕れなかった。近所にクヌギなどを含む雑木林はなかった。

これらの代わりに優児が熱中しだしたのは野球だった。二つ年上の川村少年の影響を受けたのだ。グローブ、木製バット、C級軟式ボールを買ってもらい、暇さえあれば近所の広っぱとかで野球三昧。川村少年も常に相手をしてくれる訳でもないので、一人の時は小学校のグラウンドと砂防林の境にあるコンクリートの壁、グラウンドの西側の砂防林は小高い丘になっていたのでそこをコンクリで固めていた、そこへボールを投げ、戻ってくるのを捕ったり、自分で手元に放り上げた白球をバットで打ったりに夢中だった。

将来の目標とする人物も変わった。買ってもらった野球の教本に載っていた、王選手にしたのだ。ゆえに巨人ファンになった。

野球ばっかりしているので、初夏に購入された補助輪が二つついた白い自転車は、雨避けだけついた自動車置場の隅に、母のこれまた白い、こちらはちと年季ものだが、自転車とただ並ぶのみとなっていた。

今度は野球かよ。プロレスごっこがなくなって助かるが、勉強せえよ。お前は頭でっかちなだけでいいんだよ。自転車も乗れねえままでいろよ。あの馬鹿女房、あんな小二とはいえ幼稚園児並のチビに小学校高学年用のを買って、ほんとパーだぜ。あれじゃ練習もできねえや。物事にゃ順序があらあ。子供はすぐ大きくなるわなんて、全くあいつは昔から状況判断ができねえ。でも今回は助かったぜ。今年はプールが造成中だから、水泳授業がなくて、こいつもよかった。あの女は耳が駄目だから奴を海へは連れてけねえ。自転車も泳ぎも駄目な男になりゃいいさ。しかし、あの女は外に出るのが好きだな。今度編物教室へ通うって、どうして家にいるのが嫌なんだろ。いい年こいて。耳も相当遠くなってきてんのによと、克男が心の内で言っていた。

克男も昔父に買ってもらったグローブを持っていて、物置小屋に置いてある。もうボロボロで色も褪せ白けた茶色だ。子供にせがまれ、こいつでキャッチボールをしたこともあったが、克男が川村少年より遥かに下手で、優児は父とのキャッチボールはしないようにしていた。克男は優児の自転車の訓練を、ほとんど手伝おうともしなかった。優児は父が自転車に乗る姿を見ることがなかった。

この年の大晦日、克男は兄と姉を招き一泊させた。

これを見て優児は心の中でぼやく。なんで正月だってえのに、こんなの呼ぶんだ。二人共顔も見たくねえよ。最近回数は減っても、まだ金取りに来やがってあのヤロー。それとなんだよ、このブスババア、唇が飛び出てやがる。気持ちわりいんだよ。東北は嫌だったけど、正月は鹿野家で過ごせただけましだった。こっちへ戻ってきたら正月はまたこうかよ。こんな連中、お年玉でも寄越せよ、一回もくれねえじゃねえか。

いかに自分の女房と子が嫌おうが、克男は彼らを正月に招くことをやめる気はない。たしかに兄も姉も迷惑な存在だ。がそれでも、育ちの悪い女房よりは嫌いの度合いが低いのである。無論その子よりも。せめて大晦日から正月くらいはかつての上流階級の者達と過ごしたい訳だ。

明けて翌年、克男達が家の増改築のため、近所の借家に間借りしている数ヶ月の間に、克男の姉、典子が病没。胃潰瘍だった。死亡した日が春の学校遠足と同日で、優児は遠足参加を切望、臨終立ち会いと葬儀参列も免れた。

クソガキめ、ぐずぐず言いやがって。そんなに俺の親族が嫌なのかよ。まあ、あんなの姉貴の葬式でぐずられちゃ堪んねえけどと、克男の心中は穏やかではなかった。

典子は享年五十四。生涯独身であった。

姉貴も弟の借家で死ぬとは。畳の上とはいえ、子孫がいないから、いよいよ倒れてから弟が運んでやって、その翌日に急死か。いい死に方じゃない。兄貴が生活保護を受ける前は、金を取られたあとで俺に金をもらったりで嫌だったな。元覚醒剤中毒で独身のままで世間体が悪かったな。涙も出なかった。葬式を終えたその日の夜、暗くなった部屋の中、布団に包まった克男の脳裏に、脈絡もなくさまざまな思いが浮かんでは消えた。

それにしてもあの子は……。あいつは一度も「伯母さん」と呼ばなかったな。学校では真面目で問題はないようだが、こういう点はすごく頑固だ。

それからひと月あまりあと、林一家は改築された我が家に戻った。

西側の空いた土地に寝室を、その上に克男の部屋を、さらにその東隣に優児の勉強部屋を建て増し、二階建てとなった。優児の部屋に入るためには克男の部屋を通らざるを得ぬ造りになっており、中身は立派ではないが、ブロック塀も新しくより高くなり、少しは見栄えがするようになった。外壁の薄い金属板の色は濃い茶色だ。それと風呂場にはシャワーもついた。

市の下水道工事で傷んだ箇所を直すついでに、思いきって改築したのだ。下水道工事で傷めたということで、市が賠償金を払いはしたが、いくらでもなく、資金はほとんどローンであった。もっとも増築は市とは無関係だけど。

自分の部屋も与えられ、机もそこに置かれても優児は予習復習は全くしない。それでも学校では真面目にしているから、成績はいいほうで両親から文句は言われなかった。ただ、授業中教師に指されれば答えたが、自ら手を上げるほうではなかった。内気と面倒臭がりが原因だった。

五月下旬初夏、日本海に面するこの都市は、最もいい季節を迎える。優児の小学校は甘い香りに包まれている。ニセアカシアの豆の花に似た、白い花が放つ芳香だ。それが風に乗り、開け放たれた窓から校舎内に入ってくる。

そんな快い晴れの日、白壁の教室で優児達もお勉強だ。この学校のクラス替えは四年に進級する際のみなので、周囲の子達もほぼ去年と同じ、担任教師も同じだ。濃い緑色の黒板の前で先生が授業をしている。たまに脱線しながらも、皆がついていけるペースでだ。

質問に上手く答えられれば教師は生徒を誉め、教師の冗談に生徒が反応すれば、先生も共に笑ってほのぼのとしている。ただ宿題を忘れたりすれば叱られる。

予習復習はしなくても、優児も宿題だけはきちんとこなしていた。

ほのぼのとした中でも、たまに授業中はしゃいだりする奴は出る。軽い喧嘩や苛めもある。そんな時は悪い奴の頭に平手打ちが飛ぶ。注意しても、授業中はしゃぐのをやめなかった男子の両頬に往復ビンタがお見舞いされたことが一度あった。でも怪我はなかった。教師が加減を体得していた。親達も怪我をさせなきゃ体罰がどうのなんて文句は言わなかった。悪さをすればひっぱたかれるなんて当たり前だった。

時には先生も生徒も一緒に浜辺に行ったりもする。学者が言う学習意欲を持つ子供なんてまずいないので、こんな時は授業なしで万歳と生徒は皆大喜びだ。

休み時間ともなれば、優児のクラスの男子達は体育館でドッジボールにもう夢中。優児も同様。このクラスは学年一ドッジボールが強く、体育の時間で行われた組別対抗戦では連戦連勝だった。上手い奴が多いのだった。彼らに揉まれるうちに優児もまあまあ上達していった。

もっとも元気がいいだけに、時に子供は残酷だった。この小学校校舎は北と東に括弧型で南に体育館があるので、この間に中庭がある。理科のレンズを使った授業はここで行われた。虫眼鏡で光を集めて黒い紙を焼くそれだ。こんな時男子の中には虫眼鏡で黒い蟻や黒っぽい灰色のダンゴムシを焼き殺す奴が多数出た。優児もその口だった。

「なんだそれくらい、男だろ、しっかりせえ」

川村少年の声が優児に飛ぶ。二人が住む家が面する通りで野球の練習だ。その最中、ショートバウンドになったボールを捕り損ねた優児が鳩尾《みぞおち》にそいつを食らい、背を丸めている。

チキショー、こんなくらいでへこたれてらんねえと心の中で叫び、優児はしかめっ面で白球を拾い川村に投げ返す。そして言う。

「もう一丁」

「いい根性だ」

夏の昼下がり、砂利道の上、半袖半ズボンの男子が二人。よく見る光景だ。

「上手くなりたきゃ、我慢がいるぜ」とまた川村。

熱く太陽が二人を照らしていた。

こんなふうに野球を毎日やっていたので、広っぱで草野球をしている少年達の中では、優児はわりと上手なほうだった、小さいので長打力はなかったけれど。ゆえに野球をあまりしない南少年に対し、野球が上手なことを鼻にかけた態度を取ったりもした。それでも仲は悪くなったりしなかった。限度はわきまえていたのだ。

夏も終わる頃、優児は川村からあるものを紹介され、それを夢中で読むようになった。それは週刊漫画誌「少年ジャンプ」であった。

ジャンプは当時、少年誌で最も人気があった。アクロバティックなプレイの連続で、荒唐無稽の極み、いつしか格闘技もののようになった野球劇画「アストロ球団」、素裸ではしゃぎまくり、大小便は撒き散らす四人組メタクソ団が主役の「トイレット博士」、ほのぼのとした「ど根性ガエル」、後二者はギャグ漫画、これらを擁し、少年達を魅了していた。二百五十ページで百三十円だった。

土曜の午後には、川村に連れられ、近くの書店に漫画の立ち読みをしにいくようになった優児であった。

品もなく悪さもするメタクソ団であるが、画《え》の中で彼らはある言葉をちょくちょく口にする。それは正義だ。ギャグの中にもほろりとさせる、仲間内の友情も描かれる。

ギャグ漫画ですらこうなのだから、世間も治安がよく、優児の住む住宅街も安全そのものだ。買物へ行く時など、その間に優児が学校から帰ってくると予想すれば、直子は玄関の鍵はかけても、居間のサッシ戸の鍵は一箇所のみ開けておく。これは林家に限ったことでなく、ほかも同様であった。それでも空き巣の被害なぞ、まずなかった。

子供達も漫画もテレビも浴びるほど見ていたが、どうってことはなかった。たしかに「アストロ球団」を真似て、なんとか投法と言いながらふざけてボールを投げることはある。しかし、草野球でも試合でやる奴はいない。空想と現実の区別はついていた訳だ。

この年の秋も深まった頃、優児の祖父、杉夫が亡くなった。酒が原因で以前から何回か倒れていたのだが、ついにであった。下町の長屋の畳の上でまあ大往生だったから、親族一同あまり悲しみはなく、涙を見せたのは連れ合いの福のみ。享年七十二だった。

濃緑色のソファに座り、茶色のカーディガンを羽織った克男は両の目を閉じている。今彼は至福に浸っている。自室でレコード鑑賞中だ。二階にある克男の部屋は、両の南の隅に大きい二つのラッパが、その反対側に種々のステレオ機器が、ラッパの間にはレコードプレーヤーが所狭しと置かれている。機器の脇に大量のレコードが並ぶ棚もある。

克男の両の目の端に涙が光る。別に悲しい訳ではない。クラシック音楽に感動しているのだ。

やがて音が鳴りやみ、静寂が訪れる。いったん目を開けたが再び目を閉じ、克男は今年を振り返る。座したままで。

姉は死ぬし、家も増改築、ついでにあのジイさんも死ぬし、今年は本当にいろいろあった。でも、ついに好きにやれる自分の部屋を持てた。長い道程だったこと。しかし、女房も子もどうして芸術に興味を持たないのかね。スポーツなんて心臓がとんとんいうだけで、面白いのかね。冬場で野球もできんからとあの子とのコミュニケーションも兼ね、いい親ぶるもんじゃなかった。靴下丸めた球でよかった。もう捕れないよ。本気じゃなかったようだが、速くて鳩尾に喰らって伸びそうになった。素振りでガラス割るわ。あの時は直子が怒鳴ったので、俺は形あるものはいつか壊れるなんて穏やかに言ったが、いい人ぶりもやってられない時もある。ローンが有るのに、金をかけてくれるな。俺も役者だな。声を荒らげるのはもともと嫌なのもあるしね。これも自分のためさ、今の、そして将来のな。本性は悟らせんよ、誰にもね。心の中で克男が呟いていた。

さて、満足したし、下でゆっくりコーヒーでも飲むか。それと栄養剤もな。再び心中で呟き、克男はゆっくりと立ち上がった。

克男は何をするにもスローモーだ。朝大便をする時は、新聞を読みながら二十分もかけるのが常。そのせいか、いつしか痔主になっていた。それと家で冗談ひとつも言わない男だった。このことは息子にも影響を与えていた。優児も面白味のある者でなく、学校でのお楽しみ会ではクイズでお茶を濁すのみで、陽気な子らのように楽しい劇なぞできない。克男は正しく元貴族なのだ。

この頃から優児は日曜が好きでなくなっていた。ただ、本人はまだ自身の心理分析なぞできないゆえ、原因には気づけない。それは父親だった。一応優しく見え、親は大切にと教えられているから、父親を好きでいると思ってはいても、心の奥底で、弱くてつまんない奴と嫌い始めていたのだ。そのため父が家にいる日曜が嫌になったのだ。一番好きなのは、午前中で授業が終わり、午後から近所の友達と遊べる土曜であった。

明けて一九七五年、冬が去り、春の気配が感じられる頃、優児のクラスは最後の時を迎えた。来年度はクラス替えとなる。担任も他校へ移るらしい。

転校してこのクラスに入れて本当によかった。給食もこっちがおいしいし、苦手なものを無理に食わされることもない。別の組になるのは嫌だな、ドッジボールも強いし、皆面白いし、と思う優児だった。

優児の偏食は相変わらずだが、牛乳も好きでなくても飲んでいたし、給食はわりとなんでも食べていた。ただ、チーズと生野菜は駄目だった。

クラス替えの前にということで、優児の組も担任と共に記念写真を教室で撮影した。

カラフルな私服で皆にこやかだ。明日はもっとよくなる。将来、科学が銀色の宇宙船で人間を火星でも木星でも連れていってくれる。僕達私達の未来はバラ色だ。世間は不景気でも彼らには関係なかった。もっとも、世の中も未来は必ず明るいと思える時代だったのだ。夢が見られた時代だったのだ。一般の小学校にまず問題児なぞいなかった。

春の青空に目をやると、蛙の卵のような透明な物体が見える。これはいったい、なんだ。テレビや本や物を見るのに障害とはならないが、目を動かすと一緒に動き、目の動きを止めると下へと落ちていく、ゆっくりと。近眼になったせいかなと優児は心中でぼやく。

去年は右1・0、左0・9だった視力が、今年は両目共0・3と学校で判断され、医者に診断をしてもらうようにとのプリントを渡された。が、優児はそれをランドセルのポケットに隠し入れ、親には見せていない。ただでさえクラス一のチビなのに、このうえ眼鏡なんてみっともねえ、父親みたいにゃなりたくねえ、訳なのだ。今度の担任は男で視力検査表が回ってきた時、生徒達に検査をさせた。ずぼらだから1・0と報告しときゃよかったか。0・9と言ったら、保健室の再検査で0・3だもんな。でも眼鏡なしでも困りゃしないし、いいや黙ってりゃ、の優児だった。

クラス替えで優児はまた三組となった。しかし、クラスメイトの四分の三は新顔となっていた。新しい担任教師は、黒縁の眼鏡の中年男性教師、中肉中背、名を松尾と言った。

クラス替えがあったとはいえ、優児の学校生活に変化はなかった。変化と言えば、野球への熱が冷め、代わりに釣りに興味を示し、釣りの本や漫画「釣りキチ三平」をよく読むようになったくらい。もっとも暇な時は自宅のブロック塀にボールを投げ、跳ね返ったのを捕る遊びはよくしていたが、野球帽を被って。

彼は鯉釣りに興味を持ったが、子供ゆえ独りでは釣りに行けず、さりとて出無精の父も子供との釣りには乗り気でもなく、本を読むくらいだった。ただ一回だけ、海釣り好きの母方の伯父良介と三年前に再婚した彼の妻と、父の三人に市内の川へ連れていってもらった。結果は何も釣れぬボウズ。竿もリールもなんの用もなさずであった。

一学期の成績は社会が5、国数理が4、体育は一年ぶりの3。男として恥の2を免れた。このまま楽しい夏休みへといけばよかったが、最悪の夏休みとなった。彼が唯一伯父と認め、親愛の情を持っていた鹿野良介が、病気で亡くなってしまったのだ。

良介は七月に入ってから一週間ほど経った頃、鼻からの出血が止まらなくなり、優児が作られた市内の大学病院に入院。一時持ち直した様子も見せたが、二十数日の闘病ののち、帰らぬ人となった。まだ四十八歳だった。

浴衣のような青っぽい着物で骸となった良介は、白い病院のベッドの上で目を閉じていた。手足には青や紫の痣があった。内出血の跡だった。血小板の数が減少したためにそうなったのだ。病名は再生不良性貧血。これが引き起こした肺炎が最終的に良介の命を奪った。

優児は死に目に会えなかった。父母と共に、亡くなる数日前から毎晩かなり遅くまで付き添っていたのだが、帰った直後に亡くなった。その晩はまたすぐ病院へ行った。

祖母も母も従姉妹も皆、号泣していた。優児もわんわんと大泣きをした。祖母福の弟である、頭がかなり禿げた大場という男に、「男なら泣くな」と言われたが、泣かずにいられなかった。

チッキショー、なんでこの真っ当な伯父が先に死ぬんだ。あのクソヤロー龍男の命を取って伯父さんにやれたら……。この世に神がいるのなら、あんたを呪うぜと心の中で叫びながら。

優児にとっては、人生初の愛する人との悲しい別れだった。

それから二ヶ月後、優児の学校で運動会が行われていた。例年だと五月下旬なのだが、この年はその折に研修会がこの学校で開催された関係で、九月下旬になったのだ。

白い体育帽、白い半袖の体育服、白い短パンを身にまとった優児の足が、忙しなく土色のグラウンドを蹴る。八十メートル徒競走。ゴールに飛び込む優児。その前には誰もいない。見事一位。

優児史上初の、運動会での入賞はなんと一等。今まで味わったことのない強烈な快感に、全身が満たされていた。

この年の十二月下旬、鹿野家は長年住み慣れた下町の長屋を去った。亡くなった良介の退職金で郊外に家を建てたのだ。二階建てで、大きさは林家のそれと同じくらい。場所は林家から二キロメートルほど西へ離れた地にあった。

せっかくの新築屋敷であったが、ここに住む五人の女達は火種を抱えていた。

良介の後妻善子は、三年前に鹿野家に加わった。見合い結婚だった。髪はショートできつい目が印象的。彼女も再婚だった。良介が健在の頃はなんの問題もなく、継母継子の関係も上手くいっていたのだが、夫亡きあとはやはり血の繋がらぬ仲とあって、ごたごたが表面化してきたのだ。それと、福との仲が本当に悪くなっていた。福は善子が家に来た当初、いい嫁だ、との台詞を連発していたのだが、今や、きつい女だ、切ないと文句連発。自分が人に頼んで、息子の見合い相手として引き合わせた女に悩まされる始末だった。

故良介の金で買った家土地なのだから、三姉妹も持分を取り、所有権登記をなすべきだったのだが、善子は「私を信じられないのですか」と福らに言い、家も土地も全て自分の名義とした。親戚で法的助言のできる者なぞ皆無なのである。

こんな状況に陥ってから姉妹らは叔母の直子と共に弁護士に相談したが、最早あとの祭り。姪も叔母も揃って「法律は冷たい」とぼやくのみであった。

この頃直子は母福の弟大場から電話で金の無心を受けた。

大場の息子はサラリーマンなのだが、仕事で知り合った男の保証人となり、さらに取引きで会社に大損害を与え、家も仕事も失う危機に直面し、金を貸してと言う破目に陥っていた。

直子はこの件を夫に相談したが、林克男は「貸せない」とすげなく返答した。

この様子を見て優児はほっとした。何せ「人情だ」が口癖の男である。いくら以前ほどではなくとも、龍男はまだ金をもらいに来るし、家のローンもあるし、こんな状況で金を出したら我が家はと、気が気でなかったのだ。ほっとしつつも少し驚く優児でもあった。父親の反応が実に冷淡だった。初めて見る父の一面であった。

優児が小五の年に、家の前の道路が南側東側共にアスファルト化された。あの下町の小路もこうされるのか、土の道路がいいのにと初夏の頃は呑気に考えていられたが、夏を迎えるとほかのことなぞ考えるどころでなくなっていた。それは学校の水泳授業のためであった。小学一年の時の初歩で躓いて以来、優児は水泳の授業から逃げ続けてきたが、いつまでもごまかせるわけもない。今年の視力検査は教師が生徒に任せているのに乗じ、したふりで両目１・０で切り抜けても、水泳はサボる理由も尽きた。

周囲の男子達はモヤシ野郎、最近尖ってきた顎を揶揄しては逆三角顔のオニギリとか、優児のことを言葉で袋叩き。手は出されないが進退極まれりとなった。五月下旬の運動会において、今年は勝てないと思っていた男子が直前で自分より一つ前の順番で走るという幸運に恵まれ、百五十メートル走で一位となった栄光もどこへやら。

それでも一学期中は非難にひたすら耐え、夏休みを迎えた。もう逃げられないと思った優児は父に頼み、近くの海で泳ぎを教えてもらおうとした。優児も今まで水泳に関し何もしようとしなかった訳でもない。昨年夏にはドル平泳法なる水泳教室に一回参加し、一応水面を五メートルばかり進めるようになっていたが、これがバタフライ擬きの変わったものので学校でやる気になれず、父からクロールを教わろうという訳だ。

白い砂浜を太陽が焼かんとしている土曜の午後、青空を映す海の中、痩せギスの二人の父子。二人共紺の海パンだ。周囲はかなりの人が出てきている。砂浜にも海中にも老若男女がカラフルな水着で楽しむ光景が見受けられる。砂上にはビーチパラソルの花も咲いている。海水の透明度はたいして高くない。

克男は表に出さぬが、内心しぶしぶだ。こんな暑い日は最近買ったクーラーの利いた自宅の居間で、のんびりしていたいのにという訳だ。

一応クロールで泳いでみせ、「こうやるんだ」と優児に言うが、それだけ。手取り足取りで指導しようとはしない。

スポーツはほぼ全般駄目な克男も、泳ぎはまあできる。唯一子に教えられる運動だが、弱い男を望む彼はやろうともしない。優児はただ見ておろおろ。

このガキ、一学期の成績はなんだ。5がないじゃないか。去年はずっと社会だけ5だったてえのに。理数は3だし。体育が4になったと喜んでんじゃねえ。そんなの1でもいいんだ。お前は青瓢箪でいろ。そうでなきゃ困んだよ。てめえはあの女の後釜だ。俺ら林家芸術的兄弟の餌になりゃいいんだ。心中で呟く克男があれっと思った。

優児がひどいフォームとはいえ、海面を五メートルほどクロールで進んでいた。

ぷはっと顔を海から上げた優児は、海中に立ったままでしばらく呆けていたが、その後ほっとした表情を見せた。よーし。二学期からはサボらずに済むぜ。やってみるもんだ。

二学期には周囲からやいのと言われなくなった優児は、呑気そのもので日々を送っていた。授業中は真面目に先生の言うことは聞いている。黒板の字がかなり見づらくなってはいたが、教科書が見えているから困りはしない。ただ予習復習を全くしない。宿題くらいはやるが。学校が終わったら私的な時間だ。これを学校でのことのために使うのは間違いだという、変な考えを持っているのだ。こんなふうだから、学校が終わるや矢のように帰宅した。自由気ままが一番さ、こう思っている。帰宅後は釣雑誌を見たり、漫画の立ち読みに行ったり。

五年生となると、学校の授業中に週一で行われるクラブ活動がある。この学校は第一クラブと呼ぶ。これ以外にも第二クラブと呼ばれる、放課後に毎日やる、いわゆる部活にも参加できる。

この学校は市内で強豪と謳われる第二野球クラブを擁している。もっとも第二クラブは野球くらいしかないが。生徒らの人気も高く、五年男子は半分くらい参加して、ランニングやらノック練習やらで汗を流している。

それを見て優児は、よくやるねえと思うだけだった。

こんな優児も休日には、向かいの家にやって来る小川家の兄弟らや南少年とその三歳下の弟と草野球はしていて、金属バットを振り回してはいた。このレベルならまだ上手なほうとあって、自軍の者がエラーをした時なぞ、すぐカッとなって大声で責めたりもしていた。それゆえ、この幼馴染み達からユデダコとの渾名をつけられた。

ここいらも広っぱがなくなってきたなんて思っていた呑気な優児は、最悪のクリスマスイブを迎えさせられた。二学期の成績はまた5なし、算数も3とあって克男が怒ったのだ。怒るにしても克男は声は荒らげず、一階の真ん中の居間で火燵を挟んで息子にネチネチ説教をした。茶色のカーディガンで座したまま「こんな成績でどうする。将来大学へ行かれなくなる。だんだんと落ちてくばっかで、家は金ねえから私大なんてやらんねえ。国立でなきゃ」。

別にこんな成績でもいいじゃない。先生も発言力を上げろと言うだけだし。大学に行く気なんてない。釣りして楽しく生きれりゃいい。将来はルアーでアラスカのキングサーモンを仕留めんのさ。おとなしくても、気心の知れた連中にはまあ言ってるんだ。奴らなら喧嘩したってひどくなる前に止まるしなと心の奥でぼやく優児。

だが克男はしつこいのなんの。同様の台詞を何度言えば気が済むんだというくらい繰り返す。クリスマスイブどころか、その後数日間にわたり、顔を見ればお説教だった。

そのしつこさに折れた優児は、三学期に入ると日曜以外、一日三十分だけ復習をした。結果、テストの平均点は社会が九十六、算数は九十三とクラス一。算数が5になった。

優児が六年生になった時、担任だった松尾は他校へと去り、他校から赴任してきた三村なる中年女性が受け持ちになった。年は母直子と同じで、顔も体型もふっくらとしている。

さすが女性教師とあり、視力検査はしっかり自分でやり、二年ぶりに学校から通知のプリントをもらった優児だったが、またランドセルのポケットに隠した。近所の同級生の母親が直子に優児の目の悪さを言い、眼科に連れて行かれそうになったが、いつしかうやむやとなり、難を逃れた。

優児が普通に暮らしているので、医者に診てもらう必要はないと直子は思ったのだ。ちなみに優児の視力は右が0・1、左0・2。でも慣れているので、生活に支障なしだった。

この年は校長も変わり、新任の校長が前任者よりは遣り手とあって、第二クラブの種類が大幅に増やされた。

優児は卓球第二クラブに入った。新しい第二クラブの募集は五月中旬であり、その際皆どこかに入りそうに見えた優児は、第一クラブと同じ卓球第二クラブと希望を出した。前から野球第二クラブに属していた男子のほかの生徒はたいして第二クラブには入らず、しまったと思った優児だったが、週に数回ゲームをやるだけの、それこそお遊びだったので、卓球をエンジョイしていた。優児は小六になって初めて卓球をやり始めたのだが、こういう訳ですぐ上達していった。

もっともこれには母の直子も協力した。かつて卓球でならした彼女は、休日には鹿野家の二女三女らも誘い、優児を連れ、市内のスポーツセンターで卓球を楽しんだ。直子は強く、優児は歯が立たなかった。直子はスポーツで汗を流す息子が本当に愛しかったし、優児は相手をしてくれる母や従姉妹が本当に愛しかった。

　鹿野家の長女恵利子はこの年の五月、職場結婚をして家を出た。相手は地元国立大出で四歳上の男だ。何かとゴタゴタのあった鹿野家だったが、徐々に落ち着いていった。

　今年は二位か。病み上がりだからしゃあねえか。リレーは惜しかったな。風疹が流行して、補欠の俺が出れそうになったけど、俺も風疹で一週間家にいた訳だから、チームにゃ迷惑かけられんわな。いいや、白組は赤に勝ったんだと、初夏の晴天の下、運動会の閉会式で先頭に並びながら、心の内で言う優児だった。

　父に文句をつけさせぬよう、いい成績を取るべく社会の授業だけはよく発言をするようになっていた優児は、クラスメートにもわりとずけずけ言うようにもなっていた。人が集まればトラブルも常だから、言われれば言い返してもいたのだが、その点強化されてきた訳だ。発言力強化ゆえ、復習せずテストの平均点は九十未満でも一学期の社会は5となった。

　なんだ、この合宿は。夏休みだってえのに、暑いだけで干物になるぜと心でぼやく優児は、山あいの地にいる。

　八月上旬、学校の行事で一泊二日の日程で、県内のとある山の麓に連れてこられた。その二日目の朝、小ぎれいな宿舎、少年自然の家の前の広場に、優児の学校の六年生が群れている。これから朝のお散歩だ。

夏ゆえ、男は半袖半ズボン、女は半袖スカート、こんな姿がほとんど。周囲には緑の森、空気はうまい、爽やかな夏の朝だが、そこでの話はひどいものだ。

「ゆうべ町田と山田が女子の部屋に行って、高桑の上に乗ったってよ。もうすぐ子供が生まれるよ」と、なんとなく女っぽい鎌田なる男子が、同級生らに楽しげに話す。

「いいことじゃねえか」と同級生、男子らも言葉を返す。皆にやけた面だ。その中に優児も混じっている。

この件は教師に知られずに済んだ。女の子が恥ずかしくて言えなかったのだ。

性に興味を持ち始める頃とあって、結構エロい漫画を見出した男子共。品のねえこと。学校の音楽の授業で歌を習えば、それを男子共下品な替え歌にしくさり、オメコだ、マンだ、揉むパイだ、舐める腿だとか、リズムに乗せて言う始末。

こんな男子共が最も好きな漫画は「がきデカ」だった。下半身を露出してはしゃぐクソガキ「こまわり」が主役のギャグ漫画だ。この「がきデカ」の前はメタクソ団のトイレット博士がギャグナンバーワンで、メタクソ団には正義という言葉や友情が描かれていたが、「がきデカ」にはこういったものは絶無だった。

夏休み後半、林家は南東北の隣県へ旅行をした。が、その計画を頼んだ際、夫のやる気のなさに直子は小首を傾げた。

夏休みが終わり二学期になると、優児の担任三村は表情の冴えぬ日々の数を増していった。クラスの子供らの彼女を嫌う度が上がるのを目にしているからだ。

三村は音楽好きで、ほかの教科が進行の具合で授業をせずに済む時は、必ず音楽をやらせる。情操を豊かにすればいい子が育つ、という思いからだ。しかし、これが生徒に大不評、特に男子にははだった。しまいには女子の中にも同様の者が目立つようになる始末。

もっとも、この情操豊かに叱らずには、この頃からの教育の傾向であった。優児は四年生以降、体罰の現場を見なくなっていた。ＰＴＡが強くなり、子供らへの力の行使を許さなかった。マスコミもそれを煽った。

でも、いい子なんざ、どこにも育ちゃしなかった。ギャグ漫画そのものに下半身露出をするほど阿呆はいない。が優しい子もいない。この学校の道路一本向こうの南に、知的障害者の施設がある。二階建てで白い鉄筋コンクリート製だ。ここの入所者達は、優児ら一般学校の生徒にとっては人間以下の存在だ。「馬鹿、キチガイ」と陰口を叩いている。ここで火事が起きた時なぞ、「あんなの燃えて死ねや」との台詞を吐く生徒がいたほど。もっともこう言うのは男ばっかり、彼らは誰から教わることなく差別発言を繰り返していた。男子とは反発しあう女子も、こんな時に何を言うでもなし。もとがこんな連中に情操教育は無効だった。

それでも三村は音楽を押しつけた。男子も女子も「ミブタセンコー」。陰口を叩いた。そして卒業式、誰も泣かなかった。

三学期にだらけた優児の通知表に5はなかった。

優児が家から南へ二キロほど離れた公立中学へ通い始める少し前に、克男はこのブロックを統括する隣県県都にある通信局へ転勤となり、自宅を離れた。単身赴任である。

優児の中学は田園地帯の中にある。ベージュの鉄筋コンクリート製四階建ての校舎はコの字型。北側に職員室や図書室、美術室が、東側に理科室技術室等が、そして南側に各組用一般教室がある。この南側校舎の前グラウンドに面して、ベニヤ板とトタン屋根の教室が八つ並ぶ。こちらは平屋だ。近隣の三つの小学校卒業生を集めるこの中学は、三年十クラス、二年一年共に十一クラスを抱える市内一のマンモス校で、急ごしらえの教室が必要だった。こちらは一年生用だ。校舎の西にはプールと体育館がある。

中学生になり、優児は黒い詰襟の学生服に黒いズボン、制服で学校に通った。女子は紺のブレザーにスカートだ。白ブラウスの襟の下には赤いリボン。

小学校の時もクラス担任以外の教師にある教科を受け持たれたことはあったが、中学に入ると教科ごとに違う教師。給食はなく弁当持参。校則等と以前とはかなり変化があった。しかし、優児はすぐ慣れた。校則も男子は前髪を眉より上に、後ろ髪は襟より上に。靴下の色は白といったくらいで、どうってこともない。女子のほうも肩より長い髪ならゴムなどで結べくらい。文句を言う者は皆無だった。

優児は七組に属した。ベニヤ板の教室で、クラス担任は小柄で頭がかなり白い垂れ目の男。担当教科は理科。

このクラスでも一番のチビの優児だったが、のほほんとしていた。授業はまあ真面目に聞いていた。が予習復習は一切しない。中間テストの前一週間だけは、一日二、三時間は試験勉強をした。結果、四百六十人中で百四十番くらい。一学期当初、学校が強制ではないとしつつ、全員参加の雰囲気を作ったので、乗せられた感で入った卓球部は最初の一週間だけ練習に出たが、それ以降は全てサボリ。理由は、優児は昨秋より視力をよくしようと、テレビで見た遠くの外の景色を見ながら両目を回すようにグリグリ動かす、名づけて目のグリグリ体操を一日十数分続けており、部活で遅く帰ると日没後でこれができないというのも少しはあったが、なんと言っても数キロのランニングや腕立て、腹筋等の苦しいトレーニングが嫌だったから逃げた。目の運動をしだしてから、少し見え方はよくなり、部活はともかくこちらは続ける優児だった。その場所は自分の部屋であった。

嫌な視力検査を上手く逃げる手を見つけた優児だった。検査のある日、彼は学校をズル休みした。嫌なことは先送りしたかった。そしたら再検査もなく何も言われずに済み、しめしめ三年間これでいこうと心を決めた。

優児は同じ組で友人ができた。目がでかく蛙みたいな顔で、背は人並の男子で、名を毛塚と言った。

毛塚はバドミントン部に入ったが、優児同様サボってばっかり。「自由気ままが一番」と言う奴で、二人は気が合った。

こんな二人は最近、少年週刊漫画誌で連載され始めた、ラブコメディーの話で盛り上がっていた。

この当時、少年週刊誌は変わりつつあった。最早「巨人の星」のような熱血スポ根ものはウケなくなっていた。それでも優児より二歳上の川村はまだ、「巨人の星」をよく言っていたが。

中学の授業ものんびりしたもので、別に大学へ行かなくても手に職つける専門学校で十分と教師も言い、熱は入っていなかった。

しかし、平和な日々は破られた。男子達は詰襟を、女子達はブレザーを脱ぎ、上半身を白い夏服で包む衣替えの時季を少し過ぎた、初夏の晴天下、自習中の教室でであった。

自習とあって生徒らは男女共好きな者同士で固まり、お喋りに忙しく、誰も勉強なんかしていない。ところがお喋りどころでなくなり、教室中の視線が教室の一箇所に集中した。

右手に大型のカッターナイフを持ち立ち尽くす大柄の男子。それに対峙して「何すんのよ、先生に言うからね」と言い返すわりと背の高い女子。女の子の白いブラウスは背が裂かれている。

このあと先生が呼ばれたが、皆騒然となった。「あの野郎、教室を赤い血で染めてやるって言ってやがった」と、ある男子が白い半袖ワイシャツ姿で吐き捨てた。

事の起こりは朝のホームルームだった。ブラウスを切られた女子は名を桧原と言い、陸上部に属する女子の級長。ショートヘアで気の強そうな顔立ち。彼女がその際、「五木君の顔をどうするか」とふざけて言った。

これに対し怒った五木が蛮行に及んだのだ。五木はゴリラ顔でバスケットボール部員。母親は小学校時代PTAの副会長で、ごり押しが強く周囲から嫌われている。この母同様、五木も乱暴と嫌味で皆から疎まれている。父親は飲んだくれ。ただ、母親の商売は上手くいってて金持ち。

担任の空木は、昼休みに五木と桧原を教室の自分の机の前に呼び、事情を訊いた。経緯を話すうち、桧原は涙声になった。

五木を一人残し、空木は説教をした。その表情は面倒臭そうだった。

「俺の顔を悪く言ったあの女が悪いんだ」と五木は自己弁護を繰り返すのみ、謝りもしない。

結局空木が五木をクラス全員に謝罪させ、この件を終わらせたが、五木はしぶしぶであった。

これからしばらくして、ある男子が教室の床にしょっちゅう這いつくばるようになった。その男子の名は江藤、小柄な卓球部員。成績抜群で学年で十位以内に入る。利発そうな顔をしている。

彼は休み時間ともなると、組の十人ほどの男子に囲まれ、「弱い、弱い」と囃し立てられては小突かれ、蹴られ、切なげにうずくまった。

この苛めのリーダーは杉山、クラス一背が高く学年一足が速い野球部員。田園地区に住み、兄は同中三年生でわりと優等生。

杉山は、野球部で一年上の先輩からこの手の苛めを教わり、教室内に持ち込んだ。そして、それをやったあと、向こうっ気の強そうな面に笑みを浮かべていた。

ほかの十人ほどの男子や全ての女子二十人あまりは見て見ぬ振り。優児はこちら側だ。そのため江藤は一学期末の試験で大きく席次を下げた。それでも五十番台にはいたが。ただ怪我はさせられなかった。

二学期に入ると、優児は卓球部を辞めた。同じく毛塚もバドミントン部を去り、二人揃って学校の授業が終わるや、帰宅。自由気ままな帰宅部員となった。

しかし、再び衣替えの時を過ぎ、七組が鉄筋の白壁の教室へ、年度後半のローテーションで引越をした頃から、お気楽にしていられなくなった。苛めの標的が拡大したのだ。

江藤の次にターゲットとされたのは会田なる男子。丸顔で元柔道部員、一学期中に退部、クラスの男子で三番目くらいの背の低さ、成績は組で最低。江藤のように、囲まれ小突かれ蹴られ、数人に乗っかられ押し潰された。そのたびに野郎っ子共は楽しそうに歓声を上げた。

当然、優児に苛めの波は押し寄せた。

「おら、このチビモヤシ」と叫びながら、五木と同じくバスケット部員で長身の弓岡が優児の両手を掴んで振り回す。

「やめろよ、やめろよ」と優児は言うだけ。

二人は手を放し、掃除用具を入れた白いロッカーに優児を叩きつけた。

全身に衝撃を受け、苦しげな表情でその場にうずくまる優児の顔に、二枚の雑巾が飛んでくる。

「へっ、ざまあ見やがれ」と言い、去っていく五木ら二人の顔には笑みが浮かぶ。

最近クラスの休み時間によく見られる光景だった。組の男子のほぼ全員がこの手の暴力の洗礼を受けた。五木や弓岡のように大柄な男子も、たまにやられることはある。やる相手は必ず二人以上、やられるほうは必ず一人、これが法則。やりっ放しは組の親分格の杉山とその腰巾着戸川の二人だけだ。一方、優児や毛塚らおとなしい男子らはやられっ放し。

少し強い奴らに「情けねえぞ」と言われても、「あいつも杉山にゃ吹き飛ばされるよ」と言い合っては、慰め合う優児と毛塚だった。

このクラスでは一対一の喧嘩はほとんどなかった。一度、大原なる丸顔で大柄、気の強い男子が五木に右のパンチを打ち込もうとしたが、踏み込みが甘く当たらず、腰の引けたパンチの牽制合戦で終わった。

気を抜けぬ日々を送っていたが、優児の二学期末試験の結果は四百六十人中、百十三位とまあまあ、なんとか凌いでいた。

ある時、内野という頭の大きい男子に消しゴムを投げられたが、投げ返し、その後口論になった。その翌日、優児は内野から侘びを入れられた。やられっ放しはまずいわなと痛感していた。

この頃、優児は会田とよく一緒に学校からの帰途につくようになっていた。会田の家は国鉄の線路脇にあり、優児の帰路の途中だった。どちらもお気楽帰宅部員、漫画好きということで意気投合していた。二人共少年誌のラブコメディー、言わゆるラブコメ好きなのだ。それと二人共体格的に劣るチビであり、教室内で実にマイナーな存在とあれば、なんとなく互いに通ずる点も多く、まあ傷を舐め合う仲だった。

三学期にもなると、日本海側は悪天候が続く。ただ、この年は珍しく雪が少なく、道路は剥きだしだ。学生服の上に薄っぺらい紺のウインドブレーカーを羽織った少年が二人。優児と会田だ。灰色の空の下、住宅街の中の帰途上をちんたら歩いている。

「なあ、林よ、あの内野と石野にゃ嫌んなるぜ」

「そうだな会田よ。この間、石野が休んだ時にゃ内野もおとなしかった。一人じゃ何もできねえのに。クソッタレめ」

内野も石野も柔道部員。内野は背が平均より高い程度。石野はかなり長身細面で、無論石野も男子だ。最近内野はまたぞろ優児に、石野は会田に徒党を組んではちょっかいを出している。優児には内野が、会田には石野が先に立つ。

「一人だったら俺のほうが強いぜ、あんな内野よりよう」と優児。

「俺だって、一人なら石野なんてやっつけてやらあ」と会田。

二人共、苦々しい表情で強がった台詞を吐き合っていた。こう言いながら、何も運動をしていない今日この頃、そして体格を考えると、両人てんで勝つ自信はない。が、男の意地が言わせるのだった。

その数日後、内野が隣の席にいた優児にこう言ってきた。

「おい、モヤシ。お前強いんだってなあ、俺より。見せてもらおうじゃねえか。明日の昼休み柔道場に面貸しな」と表情に自信を見せながら。

優児は翌日から三日続けてズル休みをした。逃げるしかなかった。

その後、びくびくしつつも登校してみたが、柔道場に引っ張られはしなかったが、内野の苛めは激化した。それに石野も加わった。

「おい、モヤシ、てめえ俺の忌引が本当かどうか怪しいって言ったってな」と石野。

「言ってないよ」と優児。

「会田は約束を守らねえが、嘘はつかねえのさ」と内野。

会田は石野とたまに一緒に帰ったりした。その際優児と話したことを皆石野に喋っていた。ただ、優児が言うなと言ってから言わなくなったが。

「このクソチビ」と言いつつ、サウスポーの内野が左手の四指を伸ばして、優児の喉を突く。一瞬息ができなくなり、苦痛に顔を歪める優児。

それを見た内野、石野はニヤリ。

これ以外にも掃除の時、ごみ捨てから戻ってくるのが遅いとこの二人に往復ビンタを喰らい、鼓膜が破れるかと思える衝撃を受けたりした。

三学期、優児は内野、石野、そして杉山らと同じ班に属させられていた。担任の空木が生徒の希望に添い、男子は男子で、女子は女子で固まり、共に三つずつグループを形成し、教室内の席に着いていた。優児の班は教室後方、廊下側だった。どこに入るかは籤で決められていた。雑務をこなすのに班は利用される。

同じ班の男子が掃除の時へまをやらかし、罰をということで、杉山がこの男子の上に乗っかれと命令。うつぶせて七層の人間サンドイッチができた。優児は下から二番目だったが、失神。

これは空木の知れるところとなったが、空木は杉山に「お前がしっかり仕切れ」と言うだけ。優児のすぐ上だった内野は、「僕は林君を守ろうと腕を立てたんですが……」と本当は腕で押したのに言っていた。

「情けねえ、チビ野郎、二番目が伸びてどうすんだ。弱いおめーは男の屑だ。どんなふうに育てられたんだ。ちょっと傷でもついたらママが病院に連れてくってか。おめーのパパも昔釣りに連れてった伯父さんてのも、みんなどうしようもねえんだろ」と、小声で憎々しげに内野が優児に言う。

今は授業中だ。が教室内で真面目に授業を聞く生徒は少ない。一番前以外、ひそひそ話をよくしている。教師は注意しない。

チッキショー、内野の福助野郎。言わせておけば。会田も今は言わねえが、なんでぺらぺらと、優児は心の内でぼやく。愛する者まで貶され、さすがにぶん殴ってやりたくなるが、その力はない。無力感から俯くのみ。泣きそうな顔をしている。

「へん、卓球部もすぐ辞めた根性なしめ」と、最近苛められなくなった優等生江藤が言う。ここのところ成績は一学期前半に戻っている。

優児の凹み具合に周りの男子達はニヤニヤ。杉山だけは知らん顔。彼だけは不思議と優児を攻めない。優児にとり今や椅子は針の莚、周囲で自分を蔑視する奴らは椅子の上の黒い悪魔であった。

またある時は電話連絡の際五木に、「お前に連絡すんのはうちの班の会田だが、あいつは当てにならんから俺がやる。明日、美術の時間にゃいつもの道具でな」と嵌められた。

翌日優児が学校へ行き教室に入るや、「バカモヤシ、何がいつもの道具だ、絵の具じゃねえか」と内野に噛みつかれた。

会田も五木から、いつものと聞かされていたが、何も言えず、その聞かされたことを優児に話した時、「どうして言ってくれなかった」と優児に責められ、「ごめーん」と力なく言うだけ。いつもの帰り道でのことで、空は暗かった。

会田も優児同様、口と手で攻められる日々。よく休んだ。ある日家に誰もいなくなるので、前日にその旨を優児に告げ、二人して会田家でサボり、テレビや漫画を見ていた。会田の家は二階建てで普通だった。

苛められているなんて男としてのプライドがあるので言いたくないが、こうも連日やられるとそうも言っていられない。しかし、あの担任じゃ言っても当てになりそうもない。そこで県が悩み相談のヤングテレフォンコーナーなるものをやっていると聞いた二人は、近所の公衆電話からかけてみたが、こちらから先生に言いましょうかだけ。それなら何もしなくていいと電話を切った。

「なんだ、先公に言うって。先公も言うだけで罰も何もやんねえんだから、困ってんだ。先公が言ったって効かねえよ」と優児。会田はそれに頷くのみだった。

三月となった。日本海側の春の訪れは遅く、砂防林の草は薄い茶色で立ち枯れたまま、松の針葉のみが緑だ。そこにボストンバッグを持った二人の少年が座り込んでいる。

「今日これからどうする」と、会田が優児に訊く。

「ぶらぶらしてようぜ。無断欠席でも先公は何も言わねえ。これだけはいいぜ」と優児が返した。

そこに「ワンワン」と犬の声が響く。茶色で大型だ。その後ろには綱《つな》を引く中年女。黒っぽい服装だ。彼女は補導員だった。

二人はとうとう補導された。これにより七組内での苛めは露見。直子は「家の子に限って」と言いつつ学校に飛んでいった。一方、会田の親は行かなかった。

一応、担任の空木は加害者達を注意し、優児を別の班に移した。それからいくらでもなかったが、平穏な日々を送れた。

そんなある日、優児は空木に呼ばれ、人のいない廊下に連れていかれた。白壁が囲む中、灰色のジャケットに白いワイシャツ、灰色っぽいネクタイ姿の冴えない初老の男は、垂れ目を優児に向け、右手で軽く優児の頭を叩いて言った、面倒臭そうに。

「おい、しっかりせえ、何してんだ」

「はい」と俯いて優児は小声で答えた。クソジジイ、叩くのはあいつらだろうが、それも思いっきり、と心の中で叫んでいた。ただ怒りを悟られぬよう、表情に出しはしなかった。

二年になる際にはクラス替えがある。その前にということで、内野は優児を問い詰めた。

「おめえ、本当に俺より強いって言ったのか、ああモヤシィ」と内野。

「本気で言ったことはないよ。冗談でふざけて言ってたのさ」と優児。

「あったりめえだ、バカチビ」と、忌々しげな顔で吐き捨て内野は去った。

これら一連の件を女房から聞いた克男は息子に電話し、優しげに励ました、妙に声を弾ませながら。

このクソガキ、いい気味だ。やられておとなしくなれ。なんだあの小学校の卒業文集は、学校の夏合宿批判なんぞしくさって。おめえは、おとなしいだけでいいんだ。ただ登校拒否だけにゃなんなよ。克男は心の中ではしゃいでいた。

結局、優児は三学期の三分の一ほど欠席した。無断はそのうち二回くらい、ほとんど仮病のズル休み、気持ち悪いとかで母親を騙していた。

会田も優児同様だった。でも欠席日数は優児よりひとつ多かった。

三学期の成績を四百六十人中、三百番台まで落とした優児でもあった。


いったいあの学校はどうなってやがる。俺の七組だけじゃなく、二組もひでえもんで、俺が小学二、三年の時同級だったピアノ教室の家の男子、恩田君は指折られたっていうじゃねえか。やった奴は罰せられねえし、やり得じゃねえか。それにしても俺も情けなかった。電話連絡の件の時ゃあ、美術室でピーピー泣いたし、ほかにも何回か泣いたな。もう泣かねえ。会田に死にてえとかも言ったっけな。死んでらんねえ、復讐してやる。

こう心中で叫ぶ優児は、一年前に卒業した小学校のグラウンドにいる。春休みの早朝、ほかには誰もいない。正面にはベージュの校舎が、右手には白い老人ホームの建物が、左には松のみが緑の林が見える。薄曇の空は白い。彼はランニングを終えて、ここに来ていた。といっても四百メートルも走ってない。もう息が切れたのだ。そして、とことこと歩いてここに至った。

まあ初日だしなと自分に言い訳をして、帰途についた。

苛めっ子らへの復讐を誓った優児は、奴らを倒す体力をということでランニングを始めたのだったが、これは二日目でやめ、あとはのんべんだらりとなった。

二年生になるとクラス替えで、優児は二組に、会田は九組に属すこととなった。教室は両組共に鉄筋コンクリートの校舎だ。

優児のクラス担任は三沢という名の女性で、担当は美術、齢は三十代半ば、髪はショートで眼鏡をかけている。非常に小柄で、身長は百五十センチあるかないか。

優児同様、会田も復讐する腹で、二人は仲間を集め、体を鍛えたあと、自分らを苛めた連中をぶちのめそうと計画していた。まず仲間をどう集めるかと話し合う二人だった。

その頃優児には新たな嫌がらせがあった。下駄箱に入れておいた校内履きの運動靴の紐がぐちゃぐちゃに結ばれ、解くのに手間がかかるようにされたのだ。

苛めに沈黙をしていれば、またまたやられる。苛めに沈黙は最悪と思い知った優児は、即三沢教諭に相談。しかし、三沢は何もしなかった。こいつも空木と一緒かと思う優児であった。もっとも、この嫌がらせは一週間と続かず、犯人も分からずじまいだった。

優児の仲間の候補は同じ二組にいた。名は雪村、背は優児の次にクラス内で低い。顔は細長く渾名がヘチマ。小学校二、三年の時、優児と同級であった。

一年生時に荒れた二組におり、ひどく苛められたといわれる雪村に、体力強化のための仲間を集めていると話した優児は、雪村の承諾を得た。

まず初めに集会ということで、四月下旬、土曜の午後、優児の卒業した小学校の校門前へと優児は会田、雪村の約束を取りつけた。

優児は左手首のクオーツ腕時計を見た。春の陽光を浴び銀色に光っている。

クソッタレ、とっくに約束の時は過ぎてんのに。会田め、春休みに街に映画に行った時はちゃんと来たのにと心中でぼやく優児。

三十分以上待ち、二人が来るのを諦めた優児は母校を離れ、近くの家へ向かった。目的地には一分と歩かず着いた。普通の二階建てだ。

玄関で優児は、小学校二年から六年までを同じクラスで過ごした男子に迎えられた。

浜本という名の少年だ。体格はよく、彼の属する六組で最も背が高い。眼鏡をかけ、目が細い。笑うと目がなくなるほどだ。でかいが、のろま。渾名はデンムシ。デンデンムシよりとろいという意味だ。成績は非常に悪い。

二人は玄関で立ち話をし、浜本は体力作りという優児の提言を受けた。浜本に復讐の言葉は使わなかった。

一応仲間を一人増やした点だけ満足はしたが、翌週月曜に優児は会田、雪村に文句を言った。二人共笑いながら謝った。優児も初回ゆえ、それ以上責めなかった。

次はどうするかとの質問を会田から受けたが、まあ中間テスト後にと答えた優児だった。前回はそれこそボロボロだったので、今回はなんとしても二学期末のレベルへと考えていた。が、結局、一週間前になってから試験勉強をし始めた。

中間テストの結果は五月末に出た。四百六十人中、百四十番くらい。まあまあでほっとする優児を「言ったことをやって林は偉い」と誉める会田だった。

住宅街を初夏の太陽が照らす。黒い学生服は光の熱を吸い、優児と雪村は汗ばみそうだ。二人共学校から帰る途中で話しながら歩いている。

「雪ちゃんよう、何か言われたら言い返せよ、それと涙は見せんなよ」と言う優児。

「ああ」とだけ低い声で答える雪村。

「あの矢崎と井口の野郎め、調子ん乗りくさって今に見てろ、な雪ちゃん」

「おお」

「にしても、今回の数学はどうしちまったんだよ、俺が九十六点なのに、四点とは。昔は浜本よりよかったのに」

「ああ」

「お前、2＋2は」

「4だ」

「3＋6は」

「9」

「じゃ5＋7」

「ええ、ええと、15か」

「へ」と言って目を丸くする優児。

その後、回答が十を越す数値になる問題をいくつか出したが、雪村は全て不正解。

優児は両手の指を折りながら、背を丸めて歩く同級生に十進法を教えていた。

優児と雪村の親交は深まっていった。そんなある日の昼休み、二人が図書室への廊下を歩いていたところ、ばったり内野に出くわした。もう衣替えも過ぎ、夏服の三人だった。

「おい、お前、こんなモヤシヤローと付き合うんじゃねえ。こいつあ駄目な奴さ」と言う内野に対し、優児は何も言えず顔を強張らせるのみ。雪村も無言だ。

「うん、こいつかモヤシの子分て」と内野は二人に軽蔑の眼差しを向けたあと、去っていった。

「なんでえ、あいつは」と雪村が言う。

「情報が洩れてる」

「林君、あの会田っての信じられるんかい」

「とにかく、もうじき中学総体だ。俺達帰宅部は陸上競技場で観戦だ。二日間見たふりで好きにやれる。浜と三人で話し合おう」

優児の顔は険しかった。

優児の市では六月と九月のどちらも十日前後に中学校の体育大会があり、市内の中学生達が学校対抗で部活での競技で腕比べをする。競技ごとに、ある中学の体育館とか、会場は異なり、各部ごとに行動する。一方、優児ら帰宅部員や文化部員は市内の中心部にある陸上競技場に集められるのだ。

陸上競技場は中心部に広く芝が敷かれ、その周囲にトラックがある。スタンドは芝生とコンクリートの二種で、後者にはコンクリート製備えつけの長いベンチ状の席が幾重にも並び、ところどころに階段状の通路がある。どちらのスタンドも相当広く、二万人ほど入れようか。

優児はバスでここにやって来て、朝の点呼を取られたあと、浜本、雪村と共にコンクリートスタンドの最上部に移動した。点呼後はどこにいようが、一応その学校の指定場所内なら引率の教師は何も言わない。

男女共ほとんどの学生らは、白い半袖シャツに紺のジャージの長ズボン姿だ。そして、ほぼ全員のプロポーションが悪い。優児はガリガリだし、浜本はボテッ。ついでにまぬけ面ばかりだ。体育服ゆえ、なおそう見える。

　この市は梅雨入り前のこの季節が一年で最も晴れの続く頃で、この日も好天だ。周囲のオフィスビルの窓ガラスにも陽光が跳ねる。

「会田め、こっちにゃ来ねえな」と小声で言う優児。

「この三人は昔一緒の組だったし、信用できる者同士で行こうぜ」と浜本の小声。

「まあ、この話は小声でな」と優児。

　頷く他の二人。周囲に人はいない。

「最近、俺のクラスは騒々しいし危ねえ。人をみんなで押さえて窓から半身出させてキャーキャー。三階だぞ、下手すりゃ死ぬぜ。おまけに人の昼飯の菓子パン取りくさって」と優児が小声に怒りを込めて言う。

　林家の米飯はやたら水分が多く軟らかい。直子の歯が悪いからだ。弁当にすると食えるものでなくなる。ゆえに優児は学校に行く途中のパン屋で調理パンや菓子パンを買って、昼飯としていた。

　それをふざけて取られた時、優児はホームルームの際に、クラス全員の前で担任に言いつけた。相手が遊びだったのは分かっていたが、前の組も遊びから崩れた。第一波に甘い顔をしていると、二、三波とよりひどくなる。それを身をもって知ったので、男として情けなかったが、そうした。非力ゆえ、ほかに手がないのだ。言う際も緊張から声が上擦り、

「うーんと、えーと」とかなかなか声が滑らかに出せなかった。やっと用件を言い、最後に右の拳で机を叩き、抗議を終えたが、周囲も教師も皆笑っていた。

「ったく、笑いごっちゃねえんだ。そりゃ話し方はつっかえてたけど、大事な食いもんだぜ」と自分がチビじゃなければ、もっと迫力を出せるだろうにと思いつつ言う優児。

「俺も最近クラスでちょっかい出すのがいてよ。大倉ってのが」と浜本。

「でっけえの」と優児。

「俺と同じくらいかな」

「今、浜の担任あの空木だろ。ありゃなんにもせんぞ。うちの担任もなんだよ、皆と一緒に笑いやがって、あのアマー。パン取りやがった矢崎もひでえぜ。最近雪ちゃんによく口で攻めてきやがる。おらおら何か言え、笑えるようなこと言えよとか。井口の野郎と一緒によ。井口の野郎はわりとでかいが、前の七組じゃ杉山にいびられてたのに。矢崎は人並の体のクセに前の四組じゃいびられて先公に言ったらしいってのに。もう前のクラスの二の舞は御免だぜ」

「あの七組は杉山いたんで評判悪かったもんなあ。んで林よ、言ったあとどうなった」と浜本が訊くと、「何もねえがな、今んとこね」と優児は答えた。

「何かいい手ねえかな林よ」

「浜よ、あったら困ってねえよ、役所のヤングテレフォンコーナーも結局先公に言いましょかじゃよ。先公に言ったってクソガキにゃ効かねえよ。やっぱガッツーンと実力行使でなきゃあなあ」

「そうだよ」と雪村の低い声がした。

深刻な話はそう長くは続かず、いつしか話題はテレビ番組や流行の音楽のチャートや漫画のことになっていた。

結局ほとんど雑談で二日間を過ごした三人の唯一の結論は、会田は仲間に入れず、優児、浜本、雪村の三人で助け合い知恵を出し合っていこう、だけであった。

優児は、最初はこんなもんでいいかと思うくらいだった。体力作りと言って誘ったが、浜本も復讐に乗ってきそうになり、この点しめたと思いもしていた。

七月初旬にゃまたテストだ。これが終わりゃ夏休み、ここで鍛えよう。浜本はまあ泳げるし、教わって五メートルしか泳げないのを卒業し、せめて二十五メートルいけるようになろう。あと、これは一人でやらなきゃだが、自転車も乗れるようになと、心で誓う優児だった。

七月も近くなると、優児は浜本と雪村に試験で頑張ろうと言った。周囲から馬鹿にされた分は、勉強でも運動でも見返してやろうという訳だ。

といっても、優児は一週間前から一日三時間ほど試験勉強をしただけであり、成績も前回と変わらなかった。浜本、雪村は試験勉強はしなかった。浜本は試験前に家で教科書を開くことはあるが、テレビを見ながら目をちとやる程度。正確に言えばほとんどしなかった。雪村は試験前でも、教科書もノートも家では全然広げない。こちらは正確には全くしないであった。一応こんな雪村でも、授業中、少しはノートを取る。しかし、その字はミミズが這うが如しで、全ての字の線が波を打つ。一年生の時に苛められ続けているうち、こうなってしまっていた。成績はといえば、浜本は四百六十人中、四百番くらい。雪村は学年ワースト10内に入っていた。

優児は雪村を庇護しつつ付き合う日々だ。雪村に因縁をつける男子に「やめろよ」と言い、二組の男子はこの二人以外は全員昼休みにグラウンドでサッカーに興じており、ある男子が「変なのと付き合わんでサッカーやろうぜ、付き合い悪いぜ」と優児に言った時には、「俺の勝手だ」と突っ張ねた。一年生時苛められ、苛めをやる輩が許せず、その仲間になりたくなかった。

期末テストの結果も判明し、もう夏休みも直前のある日のこと、優児は暑さのため、自分の席でボーッとしていた。ちょうど休み時間だった。

背は人並だが、クラス一の俊足でサッカーも上手い、成績も学年二十番台の、池山なる組の男子のリーダーが精悍な顔の中の両目を鋭く吊り上げ、優児に噛みついてきた。

「おい林、おめえ、このクソモヤシヤロー、一年時いびられてピーピー泣いてたって。なのに俺らにゃ態度でけえなあ、舐めてんじゃねえよう。ああ、おう」

池山は両手を優児の机に置きながら、睨みつけている。その後ろには鼠面の矢崎ら数人の男子が同様に睨みつけながら立っている。

「違うよ」と蚊の鳴くような声で答える優児はただ俯くのみ。背筋に冷たいものが走る。

「チビヤロー、二度といきがんなよ」と吐き捨て、池山は男子達を引き連れ去った。

鍛えるはずの夏休みだったが、優児らはほとんど何もしなかった。雪村の水泳の能力は優児並。もっと泳げるようにと、遠いが広くて空いている民営プールで三人で練習を、との計画を立てた。しかし、雪村は約束を守らず、優児は浜本と二人で目的地へ行った。が、料金が高過ぎて払えず、帰らざるを得なくなる始末。その後優児は日曜に父と海で練習したが、数回の練習だけでは能力向上はなし。一応、中学校側は校区から二キロほど離れ監視の行き届いたビーチでの水泳を、中学生だけでも複数なら認めていた。ただ、ここは混むのだ。もっとも、ここへ行くなら自転車という距離ゆえ優児は浜本を誘えなかった。自転車の練習も人目を気にして庭でちょっとだけしたが、一日でおしまい。三人共夏休み中勉強は一分もしなかった。陸上でのトレーニングに関しても、三人共勉強同様しょーもねーのだった。

二学期に入った。九月の中学総体時の集会は愚痴を言い合うのみ、三人寄ればなんとかだからと言う浜本の言葉で終わり。優児は秋の校内運動会の時とその翌日に、クラスのあるオカッパ頭の女子に左肩を小突かれ、虚仮にされた。あとでこの女子の足を蹴り、腕を叩いて、それからこの女子を優児を見たら逃げて行くようにはした。雪村は掃除の時、ごみを焼却炉に持って行くことを忘れ、矢崎にとっちめられ、「林がやらんでいい言うた」と優児を売る始末。矢崎に文句を言われたあと、優児は雪村を責めたが、「言わにゃ俺やられんだ」と返された。雪村は運動会翌日に優児が女に突かれた際、廊下で優児の脇にいたが、何もせず言わずだった。

衣替えが終わり黒い学生服の連中は今日も雪村をいびる。休み時間にゲームに巻き込む。ルールはこう。数人でジャンケンをし、負けて残った一人の背に肘打ちを入れる、勝った奴らみんなでだ。雪村はとろいので、遅出し反則の負けにするには絶好だ。

「この野郎、よくもチクッたな」と言いながら、矢崎の左肘が雪村の背を突き刺す。これまでに何発も喰らっているうえに、とどめの一発。苦痛に顔を歪める雪村を見て、やった野郎共はニヤニヤ。

苛めっ子に何も言えぬ雪村が背を丸め、よたよたしながら自分の席に行こうとしていたところに、ちょうど優児がトイレから戻ってきた。

「おい、モヤシィ、ヘチマの次はてめえだ。ゲームやれえ」と井口が吊り目を光らせ、憎々しく言う。

「やなもんはやんねえ」と林は素気なく言葉を返す。

「ヤロー、舐めくさって」と吠える池山に呼応して、苛めに参加している組の半分の男子十人ほどが優児を一番前の机を背にさせ、取り囲んだ。このクソチビモヤシ、今日こそ潰すと全員本気で怒りに燃えている。

囲まれた優児の全身は恐怖で満ち、背筋に冷たい何かが走る。

「このチビヤロー、弱いのに生意気なんだよ、ああ」と池山。

「そうだ、このモヤシ」とある奴の右手が林の左肩を小突く。

チッキショー、大田のイノブタヤロー、周りに人がいる時だけ強気で。しかし、どうしようと心の中で言う優児。

「関係ねえよ、お前らとは」やっとの思いで言葉を返したが、声にも顔にも怯えが窺える。また前の組の時みたいになっちまうのか、どうしようと心中でまた言う優児。為す術なし、逃げたいが逃げられない。立ち竦むのみ、一秒が一時間にも感じられる。

キンコンカンコーンと始業を告げるチャイムが、教室のスピーカーから流れた。じき先公が来る、仕方ねえと、黒い軍団は「チッ」と舌打ちしながら、自分の席へ向かった。

助かったと心の内で言いつつも、自分の席でまだ動悸やまぬ優児であった。

その日の昼休み、雪村、優児は図書室の本棚の合間にいた。小声で話す二人。

「林君、ようやった」

「危機一髪だった。昼休みはここへ逃げられるから安全だ。で、次いつ集まる」

「もう話し合いなんかだったら行かね」

「よし分かった。雪ちゃん、トレーニングやんなきゃやばい。先公の研修会でほとんど授業ねえ日の午後からスタートだ」

「おお」

「それまで日にちと間があっから、自分で走ったりしようぜ」

この一件以来、二人にはしばし平和が訪れた。苛めっ子らからすれば、優児は攻めにくい。弱いが先生にはハッキリと言いつけ、ぎゃあぎゃあ言う。雪村は言いつけるにせよ、おどおどしてて、遊びなんですと逃げやすい。そのあとでまた痛い目に遭わせれば、もう言いつけさせなくできるが、優児はそうもいきそうにない。事実、雪村は前のクラスのある男子に促され、矢崎と井口を生活指導担当の教師に指し襲撃されていた。ちょろい雪村でもやりづらいのと一緒だからという訳だ。

優児は一日千五百メートルのランニングを始めた。そうしたら、三日目に不整脈になった。自分でもときどき脈が途切れるのが分かった。が、体が慣れた五日目には消えた。ランニングは一週間は続けた。

日本海側に冬の訪れを告げる時雨も上がり、晴天の午後、優児ら三人は浜本の家の前に集まっていた。

「じゃ、やろう。言うだけじゃ助かんねえ」と言う優児を先頭に、砂防林の中の小道を走る。道端には薄茶の枯ススキが、右手には緑の松が、その向こうには白砂の浜と青い海が見える。この道は小高い丘の上にある。

長袖長ズボンの普段着の三人は五百メートルほど走って、林家へ着いた。直子はいない。優児は二人を庭へと招いた。北側の竹垣や東と南側のブロック塀の近くには、種々の木々やいくつかの岩がある。松以外の木々に早葉はない。

優児は一メートルほどの竹の棒を持ってきて、それを家側の空いた土地に刺して立てた。そして、これを殴ったり蹴ったりして練習しようかなどと雪村と相談していた。

一方、浜本は車のない駐車場のコンクリートの上で踊っていた。最後に両親指を立て両人差指を伸ばし、それを左腰辺りに置き、「悪い奴ら死刑」とひょっとこ面で言った。

それを見た優児は浜本へ向かって行き、「練習だ」と言って右足で軽く浜本の左脚を三回蹴った。

「いて、いて、やめろよ」と逃げながら言う浜本、表情には怯えが走る。

「ふざけてんな、軽くやっただけだろ」と呆れ顔の優児が言った。

その後三人は今後の練習方法について話し合い、竹の棒を蹴ったりし、一時間ほどで今日はお開きとした。

二人が帰る際、優児は浜本家の前まで見送りがてら共に歩いた、こう言いながら。

「団結していこう。なんでも話し合って。俺は今友達が一番大事だ。助け合おうぜ。体も頭も鍛えて、どん底から脱出だ」

ほかの二人も和やかに頷いていた。

優児はこの三人で頑張っていける。自身の学校でのマイナーさはよく分かっている。だから、浜本らを誘ったのだ。一人じゃ心細いが、仲間がいれば見返してやれる者になれる。皆でやろう。そう思っていたのだった。

が、数日後、昼休み図書室で、優児、雪村は顔を顰めることになった。理由はこうだ。前日、優児が浜本の家に行ったところ、浜本は玄関で立ったまま笑いながらにこやかに、優児にこう言ったのだった。

「もう、やめるわ俺、復讐なんてさあ、なんかよくねえよ」

「じゃ、やられてんのどうすんだ」と優児が迫ると、浜本はこう返した。

「それは話し合いでさ」

「言って効く奴らじゃねえ、言葉は無力だ」と優児はさらに迫った。

その後、浜本はしどろもどろで、笑ってごまかすのみとなった。

浜本も言葉が無力なことはよく知っている。ちょっと小突かれたり嫌味を言われただけでも続いたので、結局担任に言いつけた。でも、ただ仲ようせえだけで、何も変わらなかった。が、その相手がクラスの者から嫌われ、自分にも何もしなくなった。鍛える必要はなくなっていた。もっとも、浜本はどんなにやられても実際やり返せる者ではない。気が弱くて喧嘩なんてできない。そりゃ嫌な奴をぶっ飛ばしてやりたくなる時はあるが、いざとなると恐くて仕方ないのだ。優児に引き摺られたが、もう付き合えないという訳だ。

「ただの友達でいこう」

これが浜本の最後の言葉だった。愚痴を聞いてくれる相手は欲しかった。

「チキショー、浜め、さんざ愚痴聞かせやがって」と忌々しげに優児が言った。

「やっと始まったと思ったのに」と力なく雪村が答えた。

その日の夕方、授業が終わるや家に飛んで帰った浜本は、テレビの前にいた。そしてお子ちゃま向けアニメを見ていた。

「えへへ」と浜本の笑い声がした。

勉強も運動もなんにもしないで、好きなテレビや漫画ばっかり見ていたい。楽ちんでいいのだと思う浜本だった。


優児や雪村はわりと平和と言っても、彼らの二組は荒れまくり、休み時間中、教室内でサッカーボールを蹴飛ばして窓ガラスを割ってキャーキャー、授業中に大声を張り上げちゃやギャーギャー、矢崎、井口を中心に男子の一部はやりたい放題。

ガッチャーンと音がした。矢崎の蹴ったサッカーボールが、廊下側の窓の曇りガラスを割ったのだ。

「まーた二組かよ」と一組の男子が言う。

その二組の男子共がキャッキャ言っているところに、理科担当の教師がやって来た。中背で小太りの中年男、ネクタイにワイシャツ、黄色いジャンパーを羽織っている。

「お前ら、またか。おまけに馬鹿やって、何はしゃいでんだ。何遍言や分かるんだ。今日は説教だ」と教師が言う。

最近こんなことでしばしば授業は潰れていた。複数の教師が説教をした。そしてまた。

「俺が以前受け持ったクラスも荒れたことがあった。でも、これじゃいかんと反省し、自ら立ち直って卒業していった。もう来年三年だろう、受験とかどうすんだ」

が、何を言ってもこのクラスには効かなかった。教室を荒れさせている連中も、生活指導担当や体育担当の強面男性教師の前ではおとなしい。もっとも強面の先生達も、生徒には手を出さない。否、ＰＴＡが出させない。

一方、担任の女教師、三沢は何もできない、やろうとすらしない。

以前、運動会直後、グラウンドに出しておいた椅子を教室に戻した際、数が足りず、お前のを寄越せと矢崎が優児に迫った。優児が断ると矢崎はバドミントンのラケット（矢崎はバドミントン部）を使って軽く左腕を叩いてきた。三沢の眼前でだ。

「やめなさい、……やめなさい……、矢崎」

三沢は最後の言葉だけきつく言い、矢崎の行動を制止したが、優児は数発もらったあとだった。こんな三沢とあって、もう舐められっ放しな訳だ。

そんなある日、優児は偶然下駄箱のところで一緒になった同級生の男子、六田と共に帰路についた。六田は林の小学校高学年時の同級生で、長身だが枝のように細い。周りに合わせるのが上手く、変わり身が速い。普段は雪村と歩く、校舎からすると北東の住宅街の中の道を行った。ちなみに校舎の西側は水田や畑がまだ多い。林は北西のルートを取ったほうが早く帰れるが、北東とほぼ差はない。

曇天でひやっとするが、学生服だけでまだオーケーの温度だ。

「なあ、六田よ、今のクラスなんだよ、あれ。矢崎に井口に池山も馬鹿騒ぎしやがって、不満があるようじゃねえのに」と優児は不愉快そうに言う。

「ああ、そうそう。池山なんか威張りやがって、俺だって嫌さ」と事もなげに言う六田。いつもの愛想のよさはない。

「でもさ、林、適当に周りに合わせとかないと、馬島みたいにされちゃ大変だ」

「誰だ、そいつ」

「去年二組で今、十組か。何せ優等生だったんだが、目立ち過ぎて、ま、チビの癖にいきがってたんだとよ。んで皆から無視されて、気が変になって、去年の運動会の時、グラウンドのブロック塀に自分で頭打ちつけてな。気の毒な奴さ」

「へえー知らんかった。この学校の先公は何やってんだ。校長のハゲダヌキも何もやる気ねえみてえだし。去年、杉山と同じクラスで、ひでえ目に遭った」

「お前、あの七組だったのか、ひどかったろう」と同情的に六田が言う。そして、さらに続けた。

「仕方ねえさ、長いものにゃ巻かれろでやってくしかねえよ、みんなこんなもんさ。で、林、あのヘチマと付き合うのやめな。あいつ、近所の小学生のガキと遊んでて、金取ったりもすんだぜ。おまけにくせえし、あいつの母ちゃんに、風呂入れろって言ったんだがな。金は俺が取り返してガキに戻した」

「へえー」と驚く優児だった。

翌日の昼休み、優児は雪村に金の件を問い詰めた。図書室の奥のほうでだ。その反応から六田の話は本当だと見抜き、二度とせぬよう注意をした。どぎまぎしながら「もうやらん」と言う雪村の口からは、歯クソの臭いがした。

この日の放課後、優児は今は黒い土だけがある水田の中の道を、会田と共に歩いていた。もう会田と共に何かしようとは思っていないが、帰りに一緒になり雪村がいない時等は共に帰途についた。かと言って、自分のことで知られたくないことは決して言わぬようにした。おっとりして人懐っこい会田は世間話の相手としては絶好で、一人歩きは寂しいものだ。昨日と同じ空模様だった。

「会田、九組はいいね、平和で」

「最近は全然休んでねえよ」

「父ちゃんと兄ちゃんはどう」

「こないだ喧嘩して、兄ちゃんが父ちゃんの腹蹴って伸しちまった。父ちゃんは商売やってるが、いい加減で、……母ちゃんのパーマ屋は上手くいってる」

「昔、砂糖水飲んだこともあったってな、俺もさ」次いで優児は訊く。

「内野や石野、今どうしてんだ」

「週三で柔道部に出てるって」

「普通だね。最近俺らの中にも帰宅部は増えてるがね」

「二、三割は帰宅部だろ」

「そういや、この間紹介された土田って奴、万引で捕まったんだろ。愛想いいし、そう見えねえけどな」

「あのほれ、五木と弓岡を誘ってやってたら三人共捕まった」

「弓岡って医者の子だろ、なんでまた。五木んちも金持ちだし、土田ってのは貧乏なのかよ」

「別にい。普通さ。スリルあっておもしれえんだって」

「で、捕まったあとは」

「五木は知らねえが、弓岡はしばらく弁当なしだって。土田はほとぼり冷めたらまたやるって。ほかにも遊びで悪さやってんの多いよ」

「みんな普通の家なのになあ」

「そう、内野も石野もね、あいつら小学校の時一緒だったから知ってる」

「おい、会田、土田に誘われんなよ」

「俺はやんねえよ、万引なんて。でも最近うちのクラスでゾクに入れてもらった奴がいてさ、なんかカッコイーよな」

一応、会田同様にこやかな顔をしながら、暴走族がカッコイーとはと内心呆れる優児。

「ゾクって上はヤクザと繋がってんだろ」

「上のほうだとヤクザからスカウトが来るんだって」と明るく答える会田だった。

楽しいお喋りのあと、家に着いた優児だったが、直子は外出しており、いなかった。今日の晩飯はと考えていたら音がした。

玄関の扉が開けられる音と、「ごめん」と言う男の低い声だった。声の主は龍男だ。

優児は玄関前の廊下で立ったまま龍男と相対した。龍男は黒っぽい背広を羽織って玄関に蹲っている。

「お母さんは」と龍男が訊く。

「いねえよ」と怒ったような口調で優児が答える。

「いつ帰ってくる」

「知らねえなあ」

「金貸してくんねえか、あんた」

「おめえに貸す金なんてねえよ」と優児が言った途端、龍男は立ち上がり、怒鳴った。

「あんた、なんだねその態度。俺はあんたの父親の兄貴だよ。ずーっと我慢してきたんだ、あんたにゃ」

優児は龍男が喚いている最中、一瞬目を斜め上に逸らしたが、再び龍男の顔に目を向け睨みつけた。

憎悪の視線がぶつかり合った。数秒後、龍男は背を優児に向け、出ていった。

チッキショー、体がでかくて力がありゃ、あんな奴ぶっ飛ばしてやれんのに。金せびるだけなのに、なんだあの態度は。そいつあ俺の台詞だと心中で叫ぶ優児。目は吊り、怒りに燃えていた。

一階の真ん中の居間に戻ると、ピヨピヨと声がした。テレビの右脇の金属製の籠の中に、嘴が紅で羽毛が真白のピー子と呼ばれる文鳥がいる。この小鳥が鳴いたのだ。

今年の四月から直子は文鳥を飼い始めた。ピー子は三代目だ。一番最初にこの家に来たのは桜文鳥の雛で、ヨサクと名づけた。弱かったのか、一週間ほどで死んだ。次にまた桜文鳥の雛を飼った。優児は二日ほどチュンと名づけた小鳥を遊びで苛めた。霧吹きを見ると逃げるチュンをからかった。が、自分もあの苛めっ子共と同じではと恥じ、その後は本当に愛情を注ぎ、チュンも優児に直子以上に懐いたが、九月に優児が誤って踏んでしまい、死なせてしまった。優児は数日間泣き続け、登校もできなかった。庭にチュンの墓を割り箸で作り、雨の日でも毎朝手を合わせている。そして三代目のピー子がやって来たという訳だ。雛で来たが、文鳥の成長は早く、もう成鳥で手乗りだ。優児にもよく懐いている。優児も愛情を注いでいる。

「なあ、ピー子、おれは情けねえ。こんな弱くて、愛する者も守れそうもねえ」と、ピー子に悲しげに語りかける優児であった。

その後この一件を知った克男が、電話でやんわりとした口調でこう言ってきた。

「お前、兄貴になんで金やらない。あとで母さんからもらえばいいだろ」

なんだとクソジジイ、俺にてめえみたいなお人好しになれっつーのか。家族も守れんヘナチョコになれっつーのか。ふざけんな、俺はこの世で一番なりたくねえーのがてめーだ。てめーなんざ大っ嫌いだと心の内で叫ぶ優児は、父親に対して無言を通した。呆れて口も利けなかった。

こう言い続けて、お前なんざ林家の僕《しもべ》にしてやる。苛められっ子め、早くそうなれと克男も心の内で言っていた。

優児は今や、自身の父に対する憎悪をはっきりと自覚しだしたのである。

荒れているのはクラスでもの優児だったが、またぞろクラスでは新たな事件が起きた。矢崎が教室内で走り回っていたところ、女の子の眼鏡を割ったのだ。バッグに入れて置かれていたそれを蹴ってしまったのだった。

眼鏡の持ち主は川本という名で、文化部に属する見た目もおとなしい子だった。川本はこの件を担任に報告し、弁償ということになったが、逆恨みをした矢崎は川本に、言葉で激しく噛みつき、怯えさせた。翌日から川本は学校に来なくなった。

冬休みに入った優児に、ひとついいことがあった。毎年恒例の大晦日龍男招待をついに阻止することに成功したのだ。直子と共に、新年を迎える時くらい家族水入らずにしろと迫り、龍男に辞退させた。してやったりだった。

優児は二年くらい続けてきた目の体操を、最近やめた。目を動かす時、どうしても頭も動かしてしまっていたのだが、そのせいか、なんでもないのに転ぶことが数度あり、やばいかなと思いやめたのだ。やり始めた頃は少し見え方もよくなったが、最近はそれもなくなっていた。

本当になんにもやることのない優児は、ウインドブレーカーを引っかけ、家を出、南へ向かい坂を登り、丘をちょっと下ったところにある商店街を目指した。

その商店街は数軒のスーパーマーケットや種々の商店が軒を連ね、なかなか活気がある。大通りに面した書店があり、そこが優児の目的地だった。三階建てのビルの一、二階に書店が入っている。

いつもだと二階の漫画単行本コーナーに行くのだが、その日は一階の奥へ向かった。そこにも漫画はある。ただ文庫本サイズのひと昔前のものばかりだ。

なんとなく行ったそこで、なんとなくあるシリーズの第一巻を手に取り読み始めたが、夢中になり一気に二十巻まで読みきってしまった優児だった。

その作品の名は「あしたのジョー」。かつて日本中の青少年を熱狂させた名作だった。最近優児らがはまっているラブコメディーとは対極のストーリー。親もいない主人公の矢吹丈がスラム街で巡り会ったトレーナーにボクシングの世界へと導かれ、罪を犯しての少年院暮らし、ライバルとの激闘、そのライバルの死、減量苦、数多の困難を乗り越え、ついに世界タイトルマッチへ、そして戦い抜き、真っ白な灰に燃え尽きる。熱い熱い熱い男の魂の物語。

こんな漫画があったのか。これは漫画や劇画のレベルではない。感動した、生まれて初めて漫画でと心の中で呟きながら、優児は帰途を急いだ。灰色の雲は真っ黒になりつつあった。

それから、立ち読みの時にちょくちょく「あしたのジョー」に目を通すようになった優児は、心境の変化を来していった。

ジョーはかっこいーぜ、痺れるぜ、男だぜ。それに引き換え、俺って奴は。本当、根性なしで恥ずかしい。楽しくなきゃ嫌だとか、ジョーに馬鹿にされちまう。ああ、でも俺もジョーみたいに命懸けで燃えられる何かが欲しいな。それと、最初はろくでなしだけど、汗を流し精進してく姿は偉い。その必死な真面目さは見習わなきゃ。もうあんなふざけた連中みたいにやってちゃ駄目んなっちまう。もう来年は受験、将来も考えなきゃ。今までなんにも考えなかった。こんな考えが頭の中でぐるぐる回りだしたのだ。

そして、まず会田、浜本、雪村らと話すくらいはいいが、もう決して彼ら同様の行動はとらぬと決意した。

約束を守る意識すら持ってない会田なんざ、問題外だ。雪村も約束は守るが浜本同様何をやる訳でもないし。もっとも俺も奴らみたいに、何かやろうとする際、本当に目的を達成するために何をどのくらいやらなくてはなんて考えもしなかった。きっちり努力しなきゃ、いい結果なんて得られない。ジョーを見ろ、必死だもんな。チンタラ考えなしじゃ、何やっても駄目になる。落ちこぼれってのは、そういうもんなんだな。奴ら怠け者だ。運動も勉強もしようともしない。それと、雪村みたいに年下のガキと遊んでられない。もう小学生と草野球なんてやってられない。小川らと付き合うのはやめなきゃ。全く論理立ってはいないけれど、とにかくそう考えたうえでの決心だった。そして、求め始めた。燃えて人生を懸けられる何かを。

三学期になっても二年二組にさして変化はなく、相変わらず荒れていた。しかし、久々に川本が姿を見せ、そのことが同級生達に驚きをもたらすようになった。

川本は、もともと自分を出すタイプでは決してなかった。ところが、長欠後現れた川本は別人の如く、普通なら決して口にしないことを口走るようになっていた。

「私はほかの組のある男子に好かれているんだ」とか、へらへら笑って少しハイになった感じでほかの人に言う。さらに自ら「向精神薬を飲んでいるの」と公言する。

それを見て、矢崎やその仲間達は「ありゃ、気い狂った」と言い、不気味がり、近づこうともしなくなった。

そして三学期末の数学の試験の時だった。さすがに試験中は静かなクラスだったが、妙な音が教室内に響きだした。そして、だんだんと大きくなった。川本の啜り泣きの声であった。

試験監督で、この時間に来ていた理科担任の中年男性教師が、小声で「どうしたの」と訊いた。

「分かんなーい」と泣きながら答える川本に、「チッ」とか「ああーあ」とか暗なる文句が続出した。

川本は長欠前の成績がクラスで二、三番目くらいによく、特に数学は抜群、百点も珍しくなかったほど。それが駄目になり、泣いてしまった訳だ。彼女は最近父を亡くしており、これこそが精神の不安定を招いた最大の原因だった。そこにきて、このクラスの荒れが病状をいよいよ悪化させたのだ。

その後、ひそひそと川本に対する悪口は言われたが、同情の声は一切なかった。

優児の成績はというと、国、数、理、社なら平均八十点くらいだが、英語が四十二点とひどい有様。これじゃと頭が痛い。優児はある目的を持ち始めた。彼は家でも学校でも成らず者らに蹂躙されてきた。道徳教育なんて全くの無効だった。いったいこの世はどうなっている、正義はどこにある。こうなったら、大学へ行って法を学ぼう。強制力がなければ秩序は乱れ、めっちゃくっちゃになる。俺がこんな世の中を変えてやる。これにジョーのように命を懸けよう。そう心に誓った。

しかし、現実は厳しい。世の中を変えるような人物になろうとするなら、国立大学に入らねばならない。一応、市内に国立の総合大学がある。だが、そこに進学するには、市内で二番目の進学高校に入らねばなるまい。そのためには五教科で平均八十点はいる。英語をどうするか。塾に行くか、もう半分くらいの生徒は通っている。だが、その他大勢の授業で英語の改善ができるのか。もうどうすりゃいいのか分からないのだ、英語だけは。真面目に悩んで優児はある結論を出した。そして、母に頼んだ。「英語だけ家庭教師をつけてください」。

三月の下旬、家庭教師がやって来た。地元国立大学二年生の男性、体格もわりといい、ちょいと髪は長めで利発そうだ。大学には現役で合格している。名を角川といった。週二回、各二時間ずつで月謝二万円、教えるのは英語のみ。家計からすると結構な負担だが、息子が初めて勉強にやる気を見せたとあり、自身も地元国立大への子の進学を望む直子には是非はなかった。

優児は二階の自室で英語の教育を受けることとなった。今までは試験勉強といえど、一階の居間でしてきたので、八年前に買った台が白く引き出しが黄色のスチール製学習机が、やっと本来の役に立つ。

この頃克男は隣県県都の通信局から、同県の最北の町にある小さな局に転勤となった。一応局長になった。

三年生になった優児だが、クラス替えはなし。年度の初めに国、数、理、社、英共にテキストを渡された。いずれも中一の時からの学習内容が記されてある。高校受験用だ。これから約月一回、このテキストの指定された範囲から問題を出す実力テストがある。

優児はまず家庭教師角川から、一年生の時の教科書へ溯り、英語の力を見られた。そして、点数を落とした一年二学期のところから教えてもらった。もう本当に真面目だった。優児の右脇で椅子に座って教える角川にも、真面目さは伝わってきていた。

四月中の第一回校内実力テストで、優児は初めて四百六十人中、七十番台に入った。試験前一週間はきっちり勉強した。目指す高校へは八十番以内ならなんとか行けそうとあって、幸先よしだが、まだ英語ができていた頃の範囲からの出題だったから、これからと思った。

五月になると、優児には大きな悩みの種がひとつ近づいてきていた。それは五月中旬箱根への二泊三日の修学旅行だ。普通の生徒なら大喜びだが、最近苛めに遭っていないとはいえ、クラスの男子半分が敵の優児は、そうも言っていられない。夜眠る時がやばいのだ。すぐ優児は回答を出した。サボるしかない。

一年生時にさんざんサボっているので、演技に自信ありだが、今回は念には念を入れようと、睡眠時間を削ることにした。それで本当に熱を出せば、言うことなしだ。ついでに睡眠を削って得た時間を、あることの練習に充てることとした。それは、自転車に乗る練習だ。恥をひとつなくすのだ。

優児は一階西側の寝室で直子と布団を並べて寝ているのだが、直子に気づかれぬよう朝早く起き、人気《ひとけ》のまだない近所の路上で練習に励んだ。

駐車場の端に置かれた優児用の白い自転車は、今や練習用としてちょうどいい。サドルに跨ると両足の踵がぴったりと地面に着く。だいぶ錆は浮かんでいる。

五月の晴天下、爽やかな空気の中、自転車をよたよたさせつつ練習する優児。もうバランスを崩しても、転倒の心配はない。日一日とよたよたは解消され、五日目にはちゃんと直進するようになり、やっとこさ自転車に乗れるようになった優児であった。

やったぜ、これで恥はひとつ消したぞ。嫌なことでも継続して克服するんだ。すぐできなくても食らいついて、諦めずにやるんだ。何事もそんな即できるようにならねえんだ。繰り返しが大事なんだ。根性だぜ、ジョーや星飛雄馬や大山倍達の言うとおりだぜ。今までの俺は大馬鹿だった。ちょいとやりゃできると思ってやがったんだもんな。雪村や浜本みてえにヘラヘラしてるばっかで、歯あ食い縛られねえんじゃ、どうしようもなくなっちまう。見返すなんてできっこねえ奴らじゃ。見返すのは自転車どこじゃねえもんな。奴らも自転車は乗れるもんな。今は体育は十段階で二だけど、これも昔みたいにしてやるぜ。勉強ももちろんやるぜ。俺を苛めた奴らも、何もやんねえで裏切った奴も、目にもの見せてやらあ。真面目の復活だぜと心の中で叫ぶ優児。なぜかその時、小学三年生の時の同級生の台詞を思い出した。

「ふざけてないで、真面目にやろうぜ」

昔はふざけている奴がいると、誰かがこう言ったもんだった。よし、あの頃のようにだ。とにかく今年は勉強だ。受験を乗り越えるんだ、真面目さと根性でだ。優児は再び心中で叫んだ。

このように真面目に不摂生に励んだが、若い体はピンピンしており、結局は演技力で修学旅行をサボった優児であった。

修学旅行後の第二回実力テストでは百一番だったが、五月下旬の中間テストでは七十番くらいの成績を収めた優児は、努力の重要さを思い知った。今までは試験前一週間は一日三時間の勉強をしたが、中間テスト前はそれを一日四時間にしたのだ。以前は、できのいいのは生まれつきと思っていたが、同じ人間、要はやるかやらぬかだと、やっと分かったのだ。

その後、この位置を維持しつつ夏休みに入った。といっても、期末、実力テスト一週間前以外、家庭教師による英語の授業を除けば勉強はしていなかった。

夏休みには学校で強制の補習があった。一応真面目にやった優児だったが、テキストに落書きしたり、仲の悪くない同級生と小声の雑談をしたり、呑気な面もあった。もちろん夏休み中も家庭教師の授業を受けた。週二回ではなく、この間は前後半一週間ずつ集中してであった。まだ二年以前にやったところが弱く、答えられないことが続き、泣きたくなったりもしたが耐えた。ちなみに一回二時間のうち二十分くらいは休憩があり、その時は直子がケーキなどを持ってきて雑談をした。その中で優児はこう言った。「将来は総理大臣になって正義を実現したい」。それを聞いた家庭教師の角川は、笑みを浮かべて言った。「頑張ってください」と。

勉強以外にも夏休み中、優児は千五百メートルほどのランニングをした。受験は体力が最後にものを言うと聞いていたからだ。雨天以外は連日走った。父親が県境の町から帰ってきた時は、海で水泳の練習をした。少し息継ぎができるようになってきたところで、克男の休みが終わったので、直子に浜で見ててくれと言って、一人で練習もした。この日、十五メートルほど泳げたので、直子を浜辺で監視させての練習は一日だけとなった。

中三で十五メートルか、小四並だな。でも学校のプールの横の短いほうなら足をつけずに行ける。去年より三倍伸びたんだ。また来年もっと上手くなれるさ。勉強もランニングも自転車も水泳も、決して面白くはない。はっきり言って、つらい。でもこのつらさを乗り越えてこそ、男になれる。ジョーを飛雄馬をマス大山を見倣え、根性だぜと心の内で言いながら、燃えている優児であった。

たまに休日等に市の中心街に出かけると、優児はよく書店で立ち読みをするのだが、最近は決まってこの三作品を読む。「あしたのジョー」「巨人の星」「空手バカ一代」である。梶原一騎原作の熱血スポーツ根性もの、いわゆるスポ根である。もうラブコメディーは読まなくなっていた。もっとも性描写もある青年漫画誌も見ていたが。

夏休みの間、会田、雪村、浜本は勉強も運動もしなかった。おちゃらけたテレビ番組や漫画を見てダラダラ。親も何も言わないとあってグデー、それだけだ。彼らはたとえ漫画でも真剣なものは受けつけない。真面目に努力しようとするものは肩が凝ってしまう。何もしないで、受身で享楽的なものに浸る。たしかに楽だ。さらに何も考えない、将来のことも全て。頭を痛めそうな固いことは全てイヤーなのだ。ドタマはピーマン状態だ。しかし、これはある意味究極の楽なのだった。それに浸るだけの落ちこぼれ共であった。どーしよーもねえのだ。

　季節は移り、秋を迎え、衣替えの時を過ぎた頃、優児の日々にちょっとした変化があった。それは昼休みにすることであった。今までは雪村と図書室で小声でダベったりしていたのだが、クラスの男子達がグラウンドでやっているサッカーに参加したのだ。何か体を動かしたくなったからである。これで三年二組で昼休みにサッカーをしない男子は、雪村ただ一人となった。

　このあと、優児と元敵対していた男子達との関係は急速に改善した。

　冬が来た。十二月下旬には進路相談のため、母も交えて担任教師と三人で、話し合わねばならない。優児はそれが憂鬱だった。ここのところ実力テストの結果は校内で八十番くらい。十一月のそれでは気合を入れて臨み三十番台にまで入ったが、それ以外はどうも。テスト前以外もやらなきゃと思っても、まだ弱い自分に負けていた。これでは市内二番目の進学校に行けそうもない。家庭教師までつけてもらっているのに、情けないという訳だ。

　しかし、これは杞憂だった。三者面談で、百番以内に入っていればなんとか行けると、担任教師三沢から言われた。そうか、女子は市内で一番レベルが女子校としては高いところに流れるわなと思いつつ、ほっとする優児だった。

　冬休みにも補習はあった。年内最後の補習日に、半月ほど前に行われた、学区内校外実力一斉共通テストの結果が判明。一応この県の公立高校は、住む地区により進学の可否の限定がある。その結果たるや、優児の想像を絶するよさ。なんと校内で二十八番、県下一の進学校にすら受かるほど。

「見ろよ、これ。自分でも信じらんねえ」と、優児はその結果を通知する紙を最近すっかり仲良くなった六田に見せて、互いに驚きの表情を見せ合った。

興奮冷めやらぬ優児は、ちょうど近くにいた雪村に弾んだ声でこう訊いた。

「おう、雪ちゃん、お前どうだった」

「うるせー」と低い声を発しながら、右足で優児の左足を蹴る雪村。

痛くはないが呆気に取られ、優児はぽかんとした顔になった。

「おめえ、ヘチマ、林に何すんだ」と荒い声を上げながら、六田が雪村の左足を右足で蹴飛ばした。さらに六田は雪村を蹴ろうとしたが、制された。

「いいよ、もう。雪村とっとと消えろ」と優児が言ったからだ。さすがに軽く怒りが表情に浮かんではいるが、元友人を痛めつけるのは忍びない。

雪村は背を丸め、ひょこひょこと教室を出ていった。顔を顰めていた。雪村の試験の結果は最悪だった。もう高校進学は諦めざるを得ない。そんな有様だった。そこに持ってきて、好結果に喜ぶ元友人、裏切り者の優児が憎くて仕方なかった。もう友も望みもない、そう思うだけの雪村であった。

年も明け、一月も半分過ぎかけの十五日、祝日成人の日に優児は鹿野家にいた。

建てられてから五年ほどのこの家は、以前の長屋と比べると実に小ぎれいだ。そこにちょうど昨年結婚して、夫の家で暮らしている三女の今日子が夫と共に来ていた。

彼女の夫は、身長が百七十センチの今日子より十センチは背が低い。彼らは職場結婚であった。

今日子は高卒で社会に出たが、彼女は優児の目指す高校より二つランクが下の、わりといい高校もちろん、公立に受かっていた。その点、上の二人の姉と違っている。

まあまあのところに受かった高校受験の先輩ということで、優児は火燵に足を入れながら、向かいで優児同様にしている今日子に訊いてみた。

「受験の時、一日何時間、どのくらいの期間勉強したの」

「うーん、あんまり勉強しなかったわねえ」と常は明るく話す今日子の、面長で父良介を彷彿させる顔の中の口から、真剣な感じの答えが返ってきた。

「俺もたいしてせんかったなあ」と彼女の左脇にいる夫も言う。彼は垂れ目で、髪形はショートカットの妻と同じような感じだ。顔つきには締まりはない。彼も高卒で市内の平均的公立校出身だ。

聞くだけ無駄だったと思いつつ、優児は国語担当の二葉教諭の言葉を思い出した。

「高校受験は志望校選定を誤らなければ大丈夫」

優児はこの先生を信頼していた。左に流し、きちっと分けた髪、目は垂れているが、表情には精気がある。身長は百八十センチ近くあり、体はしっかりしている。朝の全校集会の時、ざわつく生徒らにはよく通る声で「静かにしろ」と一喝する。だが授業中、生徒がおとなしければ、むしろソフトに教える。夏休みの宿題の作文の課題は、生徒の自由に任せる。優児は下町の長屋の思い出を題材に作文を書き、今年度市内中学生作文集の学校代表になっていた。各中学から学年で一人選ばれるものであった。

あの先生が言うのだから、間違いなかろうが、従姉妹二人の件がある。油断禁物、やるしかない。明日からでなく、今日からだ。毎日四時間、休日返上。そう誓い、自宅に帰るや机に向かう優児だった。

優児はともかく、たいがいの生徒はのほほんとしたもんだった。部活は無いので、もう三年は九月で引退、時間は余りある。で、テレビとか見て、そんな話ばっか、てな生徒が多い。

高校の数は多く、公立高の中には定員割れもある。共通テストを見て、高望みさえしなければなんとかなる。滑り止めの私立もある。貧しくて高校へ行けない、なんて生徒はもういない。呑気なのが多いのだ。

だが、貧しさはなくとも学力不足で高校へ行けぬ者がクラスに一人。雪村だった。最近試験で0点連発、担任の三沢も見捨てていた。結局彼は、望まぬ職業訓練校へ進むこととなった。そこへの進学が決定したことは、ホームルームの時間に担任教師からクラスの皆に報告された。

教師に促され、雪村を除くクラスの全員が義理で着席したまま拍手をした。が、誰一人として本心から祝う者などいなかった。雪村は椅子に座ったまま背を丸め、ただじっと拍手を聞いた。無言の背が無念を語っていた。

その翌日から、今までも生気がなかった雪村は、よりいっそう生気を失っていった。歩く速度もよりのろのろ、背の丸まりもよりひどく、もう老人のようだった。

「おい、雪村、もうおめえ学校来んな。もう進路も決まったし、必要ねえだろ」と、矢崎がふてぶてしい鼠面の中の目を吊り上げ、低く唸るように言った。顔には苛立ちが浮かぶ。休み時間のことだ。

席を離れていた雪村は矢崎を無視し、その場を去ろうとした。

次の瞬間、矢崎の左足が雪村の脇腹に突き刺さった。今までの苛めの時と異なり、本気で素早く蹴った。

苦痛に顔を歪める雪村に、矢崎はさらに言う。

「いいか、もう来るな。顔見たくねえ」

それでも学校にやって来る雪村に、矢崎は翌日も蹴りを入れた。そして、とうとう三日目、今度は助走をつけた飛び蹴りを、雪村の腹にぶちかました。次の授業が技術家庭科で、女子らは早々と家庭科室へと移動しており、周りは男子ばかりとなっていた休み時間のことだった。

一発喰らってよたよたしている標的に、机の間の通路を逆に小走りし、距離を取り、今度は勢いよく走り、飛び、左足を思いっきりぶちこむ。なおふらつく雪村に、黒い学生服姿の矢崎が目を剥いて飛びかかり蹴っ飛ばす。三発目の蹴りをまたまた腹に受け、吹っ飛んだ雪村。甲板が茶色で脚が灰色の机と、座と背が茶色で脚が灰色の椅子を、それぞれいくつか押しのけたあと、自身は木片が敷き詰められた床に仰向けに倒れた。

恐怖と痛みで動けなくなった雪村の呆然とした顔に、矢崎は唾を吐きかけた。

「来んなって言ってんだ」との台詞を吐き捨て、矢崎は教室を去った。わりに平然とした顔で。

周りの男子達はただ黙って見ていた。このクラスの雪村以外の男子は全員昼休みのサッカーに参加する口だといっても、決して一枚岩ではない。矢崎に面と向かって悪口を言う者もいるのだが、彼らも雪村のような奴はどうでもよかった。一方、矢崎と親しい、雪村を苛めていた連中も、さすがにここまでは付き合えなかった。優児も蹴られた恨みもあり、一傍観者となっていた。

その翌日から雪村は学校に来なくなった。

雪村が消えても、クラスの雰囲気に変化はなし。受験前というのに、雪原と化したグラウンドで放課後男子全員でサッカーをやることが一回と言えどあったほど。

優児も雪上サッカーに参加し、最近よくなったクラスでの人間関係を鑑み、付き合いの大切さを噛み締めていた。

いよいよ県内公立高への願書提出となり、志願倍率も発表された。優児の志望する市内ナンバー2の進学校たる県立高校のそれは1・42倍、最も人気が高い。受験生らはこの倍率を見て、一回は志望校変更はできる。公立高校はひとつしか受験できぬので、それが許されている。県下ナンバーワンの進学校で、市内にある通称ケンタカの倍率は1・2倍くらい。ガリ勉のイメージが強く、意外と人気はない。

優児は志願変更せず、勉強し続けた。英語がだいぶよくなってきたので、ちょっと悪い数学や理科を家庭教師に補佐してもらいつつ、踏ん張った。

矢崎は某工業高校を志願していた。ここは俗に言う底辺高である。矢崎は元は普通の成績を収めていたが、今やこんなもんであった。高校なんて入れればどこでもいい。そんな彼は他人から借りた文房具を返そうともせず、使ったままでほったらかし。貸した奴が文句を言えば、「どうでもいいだろ」と返事をするだけ。日々、ふてぶてしさを増すのみであった。

こんな日々の中、優児はあの日以来、学校に全く姿を見せなくなった雪村を気にかけ、様子を窺うべく、彼の家に電話をかけてみた。

雪村の母が電話に出て、気の抜けたサイダーのような声で息子の状況を話した。

「うちの善男ちゃんだけど、今寝込んでいて、精神科で診てもらったら、脳波が止まっているということでして」

話を聞き、優児は大変なショックを受けたが、それだけであった。もう今は受験で頭が一杯なのだった。

大雪の年だったが、雪も消え去った、三月十四日は卒業式。最後にクラス皆で記念写真を撮影した。皆にこやかだった。しかし、そこに雪村はいなかった。

その二日後に公立高受験、そのまた二日後に合格発表。優児は志望高校に合格した。

矢崎は底辺工業高に合格した。

浜本も底辺普通高に合格。彼は、ほとんど受験勉強をしなかった。ちなみにこの二人が行く底辺高校はいずれも公立である。

結局受験は一校で終わったな。滑り止めの私立高は受けずに済んだ。しかし、マスコミは受験地獄なんてよく言うけど、全くそんなことはない。皆呑気だったじゃねえか。俺はちと冷やっとしたけど。でも、これからだと心の中で呟く優児であった。

受験が終わって間髪を容れず、優児は雑誌の広告で見た、身長を伸ばす方法のテキストを通信販売で購入した。男の世界は力の社会だ。しっかりした体がいる。受験の次はこれだと思った訳だ。

図鑑のように立派な本が送られてきた。内容は医学書的な面を持ち、人間の成長に必要な栄養素について詳しく書いてあった。

これを読んだ優児は、今までの偏食が自らの身を苛んできたことを悟った。そして、その日から食の改善に取りかかった。内容は本に従い、こうだった。米の飯を茶碗で二杯、食パン二枚、魚を60グラム、肉70グラム、卵一個、牛乳400CC、ジャガイモ一個、キャベツ等の淡色野菜200グラム、ニンジン等緑黄色野菜100グラム、コウナゴ等小魚10グラム、リンゴ等の果物一個、このバランスを毎日続ける。

優児はバランスの取れた食事を作るよう母に要請、直子も協力した。そして、大好きだったケーキを口にするのをやめた。

さらに一日千五百メートルのランニング、数十回の腕立て伏せ、腹筋、背筋もやり始めた。

改善された食事とトレーニングは毎日続けていった。雨の日のランニングはさすがにしなかったが。

明日があると言う馬鹿に決して明日は来ない。今日からやるしかない。継続こそが改善の唯一の道である。失敗を連続させたあと、やっと骨身に染みて分かった優児であった。それと、その場でジャンプをしたり、屈伸したり、本にあった背を伸ばす体操も毎日続けた。こちらは一日十分くらいで済んだ。この時の優児の身長は百四十七センチ、体重は三十八キロだった。

四月の上旬から優児は合格した高校、通称ナンコーに通いだした。県下ナンバーワン進学校で、年に東京大学に十数名を送り込むケンタカから見ると、大川を挟んで南にあるので、こう呼ばれている。

このナンコー、川の近くにあり、校舎は最近建て替えられたばかりで、新しい白い鉄筋コンクリート製四階建てである。北側の校舎は二、三、四階が普通の教室を持ち、四階に一年生が、学年が上がるごとに下へ移る決まりで入る。一階には職員室がある。南側の校舎には音楽や美術、科学実験用の教室がある。北と南の棟は東西の渡廊下で結ばれている。この東側の一階が出入口だ。校舎の西には体育館があって、さらにその西にはグラウンドが広がる。一学年十クラス、各四十五人ゆえ、定員四百五十人。市の中心街に近い。

ここへ優児はバスと徒歩で通った。バスで東へ約二十分、県庁前のバス停で降り、南へ向かい、大川に架かる長い橋を渡り約十五分、これで到着だ。

制服は中学時代と変わらぬ黒い詰襟の学生服に黒いズボン。一方、女子は紺のブレザーにスカート、白ブラウス、襟元には紺のリボン。中学時代とあまり変わらないと思う優児であった。

優児は一年七組に属した。女子は十人に満たなかった。ここに中学一年の時苛められた石野もいて、どうなるかと思った優児だったが、何も起こらずだった、とりあえず。

春先の視力検査は、保健室が立て込んでいるドサクサに紛れて両眼1・0とごまかし、保健委員の見知らぬ女子の上級生に書かせ、切り抜けた。高校入試前、視力検査を受けていないことを担任に指摘されたが、ちょうど保健委員だったので保健室に忍び込み、空白を埋め、難を逃れたことを思い出し、我ながらやるねえと心の内で舌を出す優児であった。

勉強はそこそこだった。成績は中くらいといったところ、まだこれから二年半以上あると思っていた。とにかく今は体作りと思い、励む優児であった。こちらのほうは休日も関係なく続けていた。部活には属さなかった。この体では何をやろうとしても高校生として通用すまい、運動部は無理との判断からである。自分一人でやるしかない。まず人並の体にしてからでなければ、練習にさえついていけないと確信していた。一方、文化部には興味すらなかった。

昼休みには、近くの原っぱで男子の級友らと草野球に興じた。そこに石野も混ざり、一緒に遊んでいた。石野は過去のことは何も言わず、優児に何をしようともしなかった。優児は体を動かす喜びを再び感じていた。それは小学校以来のことであった。

夏休みの頃になると、優児は食生活改善とトレーニングの成果を実感した。身長はやっと百五十センチを越えた。それとやっと陰毛が生えだした。食の大切さと継続の重要性を痛感しつつ、よしこのペースでと思う優児であった。

ただこの頃、優児にとっての憂鬱が家に戻ってきた。父の克男である。もう年だからということで、電通公社を辞め、公社から仕事をもらっている民間企業に勤めることとなった。その会社は電話交換機の保守を主たる業務としており、この市には出張所ということで、克男の前任者はただ一人しかいなかった。この前任者も電通公社の元社員で、克男はその後釜な訳だ。これからは自宅の二階の部屋をオフィスとして、電話交換機の保守や電話機の工事をすることとなる。

夏休みだってのに嫌なのが帰ってきやがって、まあしゃあねえやと思う優児であった。

夏休みに入ると、優児は自宅近くの海で水泳の練習をした。浜本が連れだった。遊びや話のちょいとした相手として、優児は幼馴染み感覚で浜本と付き合っていた。気のいい彼はこんな付き合いにはもってこいだ。やっと優児は二十五メートル以上泳げるようになった。ランニングとかで鍛えたためか、息継ぎなしでもなんとかいけることもあった。体力だなあと思う優児だった。

ある日、優児は暇潰しに浜本の家を訪れた。浜本は半袖の白いTシャツに黒い短パンというラフな身なりで、優児を迎えた。そして、二階の自室に彼を招き、世間話に花を咲かせた。畳敷の六畳間の隅には、白っぽいスチール製学習机や漫画本だらけの本棚がある。本当に普通の部屋だ。夏場ゆえ窓は開けられ、網戸が虫の侵入を防ぐべくそこにある。椅子に座って向かい合い、談笑していたが、浜本がちょいと席を外した隙に、優児は机の棚に置かれた浜本の英語の教科書に目を通した。底辺高の教科書に興味を持ったからだ。

その教科書には、少年ジャンプで大人気連載中の「ドクタースランプ」の主人公、アラレちゃんの絵が描かれてあった。勉強の跡は全く見受けられない。いかにもあいつらしい。こんな授業中の態度で、クソババとか先公の悪口ばっか言ってやがんだから、先公もやってらんねえわなあと優児が心の中で呟いていたら、階段を上がってくる足音が聞こえてきた。優児は本をあった場所に急いで戻した。

「ンチャ、ホヨ」、アラレちゃんを真似て、浜本が声を出した。眼鏡の奥の細目が笑っている。機嫌がよさそうだ。本棚には、「胸騒ぎの放課後」なるラブコメディーの単行本が並んでいた。

秋になると、林家には地元紙以外にもうひとつ新聞が配達されるようになった。そいつは東京スポーツ新聞、そう東スポだ。優児は最近プロレスが面白くて仕方ない。テレビのプロレス番組は毎週夢中で見ている。が、これは録画であり、何日か前のものである。テレビを待たず、試合結果を早く知りたかった。

プロレス好きは優児のみならず、優児のクラスの男子達の中には、この手の者が少なからずいた。休み時間にプロレス談義で盛り上がるのは日常の光景だった。もちろん優児もその輪に加わっていた。

同じ頃、林家は改築工事の真最中だった。克男は千七百万円の退職金を手にした。そこで一階の真ん中の部屋を自らの趣味であるオーディオとクラシック音楽鑑賞専用のそれにしよう、ついでに一階東側の部屋の改造とトイレの水洗化もやろうという訳で、こうなっていたのだ。

その工事も晩秋には終わろうとしていた。克男は新装となったオーディオルームに、巨大なラッパや高価なオーディオ機器を搬入する気だ。そうすると、今までの機器は不要となる。それらは息子の部屋に据えつける計画を立て、その旨を優児に通告した。

優児は溯って八月三十一日から空手の訓練にも励んでいた。八月三十一日に、「空手バカ一代」の主人公にして、実在する極真空手創始者極真会館長たる大山倍達氏の、小型の空手の教本を買ってきて、その日のうちから見よう見真似で始めた。中学時代にこの本を見て練習、速いパンチを打てるようになった元苛められっ子の話を聞いたからだった。その練習を二階の自室でしている優児にとって、克男の提案は拒否せざるを得ぬものだ。突きはともかく蹴りやシャドウの練習は不可能となる。それどころか、背を伸ばすための体操も、跳ねたりするのだ、できなくなる。

それこそが克男の真の狙いだった。優児の肉体はついに成長しだした。きちんと栄養分をとっているから当然である。チキショー、あのガキとうとう気づきやがった。栄養の大切さは知っていた。知らんぷりをしてただけだ。あの馬鹿女に任せておけば、チビのままでいて、言うことを聞かせられた。でかくなったら、圧倒されちまう。そのうえ空手だと、パンチやキックのできる子なんていらん。何か上で音がするので、机の中を見たら空手の本が出てきやがった。ただでさえ最近、反抗的なのだ。これ以上強化されたら、あいつは必ず俺と兄貴に力の行使をしてくる。食事はともかく、背を伸ばす体操も空手も許さないという訳。

学校から帰ってきたばかりで、学生服姿の優児が自室にいたところ、克男の旧オーディオ機器の移動話を受けたので、その場で激しい口論が起きていた。

「ふざけんな、あんなけったくそ悪いのなんざいらねえ」

優児は目に怒りを込め、吠える。

「いいや、何がなんでもやる、おめえは俺の跡継ぎだ」

茶色いカーディガンの克男も、いつになく必死の形相で言葉を返す。

「俺がいらんつーてんのに、なんで押しつけんだよ」

「跡継ぎだからだ。お前が」

「誰がおめえなんぞになろうとするんだ、ステレオバカめ」

互いに本音を隠しつつ、口喧嘩の二人だった。

結局、克男の計画は頓挫させられた。優児は直子と組み猛反対、趣味を押しつけるなの言葉と二対一には勝てなかった。「ステレオとか好きになる年のはず、そういう子が家に来て友達になるだろうに」と、悔し紛れに心にもないことを言う克男だった。まさか偏食に戻せとも言えんしと、心中でぼやいてもいた。

邪魔はさせん。空手とかあのジジイ、きれーだからな、悟らせんよ。強化するのみ。てめえーにゃ髪の毛一本似たくねえんだ。ステレオとか大嫌いなのは本当だ。とにかく勝ったと心の内でほっとしつつ喜ぶ優児だった。

また春が来て、優児は高二になった。身長は百五十四センチになり、まだ伸びている。体調はいい。が、成績は中くらい。二年生になるとクラス替えがあった。文系と理系にもう分けられ、一〜五組が文系、残りが理系だ。社会学系の大学学部へ進もうと思っている優児は、文系の五組だった。

年度初めに志望大学を担任に訊かれた。この頃優児は、大学入学を機に家を出る決意を固めていた。克男の顔も見たくなかったからだ。どの大学にと考えると、実力からすると国公立はどこも無理だ。幸い克男が退職金をかなりもらったから、東京の私大へも行けそうだ。ヤなヤローでも利用してやらあという腹だ。普通の大学でいいやと思う優児は、「日本大学辺りで」と答えた。

白髪混じりでオールバック、眼鏡をかけた担任は「このままじゃ日大は厳しいよ」と素気なく言った。

数年前に始まった共通一次試験の影響もあり、東大や京大は別としても、国公立の人気と偏差値は降下中、一方、私大のそれらは上昇中、地元国立大の難易度は日大並となりつつあった。

五組は初めのうち、アイウエオの名簿順で席を並べていたが、ひと月と経たぬうちに席替えがあり、優児はある男子の右隣になった。

その男の名は高村といった。背は人並、肉づきも普通、髪は短め、眼鏡はなし。見てくれは普通なのだが、何か言動が目立つ。なんでも一生懸命やっているのだが、掃除みたいに皆が手抜きをするところでも手抜きをしないので浮いてしまう。話す時もやたらと声が大きい。この男に対して、ある日優児はこう言った。中二中三時の経験がそう言わせたのだ。

「お前さんさあ、そんなことやってると浮いちまうぜ、あんまり力みなさんな」

そうしたら、帰り際に高村が優児に言ってきた。

「一緒に帰らんかね、議論しようじゃないか。君の言ったことについてさ」

はきはきとした声であった。

高村は高校から東南へ二キロほどの、この市のターミナル駅を利用し通学している。優児はバス通学だが、彼の利用するバスは県庁前から駅前まで、市の中心部ならどこで乗り降りしても自宅至近のバス停まで料金は同じで、定期券も駅前までとなっている。それゆえに二人は駅まで並んで歩いた。低めのビルが建ち並ぶ中の道を春の陽光が照らし、車道は車が多く通っていた。

「僕には大きな夢がある。大実業家になって世の中を動かせる大物になり、世界史に名を残すようになってやる。だから、なんでも必死にやっているんだ。一日に六時間は勉強しているよ。目指すは東大さ。浮こうが何しようが、今からやっとかなきゃね。その時になればやるなんて、できっこない。君は何か夢はあるかね、もしあるなら今から本気でやらなきゃ。浮かないように適当じゃ何もできないよ」と高村は大真面目に語った。

優児は頭を一発ガッツーンとぶっ叩かれた思いがした。「あしたのジョー」に感銘を受けてから早二年以上、落ちこぼれ共と群れていた頃よりましになったとはいえ、正義の実現のために本当に必死とはとても言えたものではない。まあいろいろと練習はしているけれど、勉強はたいしてやっていない。これで夢の実現なんて言ったら、こいつに笑われる。こんな本気になっている者もいるんだな。そう思う優児は、高村に圧倒されてしまった。

そのうち、七、八階ほどのビルが林立する駅前に着き、高村は丁寧に別れの挨拶をして、駅の中に消えていった。

本気、本気ねえ。あんまり必死だったとは言えないなあ。何か夢は持ったけど、まだ、その時が来ればやれるさ、てなところはあるんだよなあ。でも本気で正義の実現をしたいなあ、うーん。帰りの車中で一人心中で呟く優児であった。

優児が家に戻ったところ、龍男の声が居間から聞こえた。克男と話し中のようだ。「ただいま」とだけ言って、二階へ急いだ。「また、いつもの馬鹿話か」と独りごちながら。

居間には龍男作の雀と竹の絵の掛軸と、南天の実の絵の短冊がある。龍男は金をせびる時ちょくちょく自作の絵を持ってくる。それにより龍男は寄生虫としての、克男はその餌食としての劣等感をごまかしている。

龍男はよく克男に、「俺の腕は横山大観並なのに、なんで世間は認めないんだ」というような台詞を吐く。そうすると克男は決まって言う。「世間は見る目ねえんだ」というふうに。

無論、二人共自分達の嘘は知っている。龍男の絵は雑で下手だ。プロのレベルではない。だが、こうでも言わないと惨めで仕方ないから言っている。ひどい時には、下書きの線すら消さぬ絵を持ってくる龍男だった。さすがにこんな時は克男も文句を言う。そうすると「いいじゃないか、そのくらい」が決まり文句だ。

ほかにはパチンコで大負けした時、「財布落とした」が龍男の決まり文句だ。あんまり、こんなことを繰り返すので、克男はへっぴり腰で龍男をはたこうとしたこともあったが、結局できず、要求どおりに金を渡した。そして、二人は今日も言う、「人生は芸術だ」。

高村の言葉に刺激された優児は、授業中とにかく必死で集中した。そして計画を立てた。試験前二週間は、自宅で一日五時間勉強すること。その際、どの日にどの教科をやるかを前もって決め、時間数も指定しておくこと。受験に必要な教科を重点的に、四回は繰り返し勉強すること。勉強する際は、必ず書いて覚えることであった。

五月の連休明けに、ついに優児は眼鏡を購入。とうとう保健室の養護教諭に引っかかり、もう高二だし、たまに不便も感じるので、必要な時だけかけようという訳だ。我ながらよく逃げたもんだ、もう眼鏡も恥ずかしい年でもないしと、変な感心をする優児だった。

五月下旬の中間テスト前の勉強は、百パーセント予定どおりに優児はやってのけた。

その試験直後、優児は視力改善の書物を通信販売で入手、早速行動にも移した。

それを見た克男は、俺のところの林家は親戚一同皆目が悪く、中には、眼鏡をかけても視力が出ず、半ば盲目で手探りでものを探すのみで、結婚はしたが子供を産んだら失明すると医者に言われ、堕胎した者がいた。家系だから諦めろ、眼鏡をかければ度も止まるというような台詞を繰り返し言った。眼鏡をかければ進行しないは嘘だと知っているが、言う克男だった。眼鏡はある面、弱さの象徴だ。これをかけ続ければ、少しはおとなしくなっていくのではとの期待からだ。初めて優児が眼鏡をかけたのを見た時、克男は思わず笑みをこぼした。

中間テストの結果は衝撃的でさえあった。

文系二百二十人中、三十四位。私大志望ゆえ、物理や数学は落第せぬほどにしか勉強していないというのに、この成績。高村より上位であった。

「どうして、そんなにいいんだ」と高村は目を丸くして驚いた。優児は試験前以外は自宅学習をしないと本人から聞いていたから。

だが誰よりも驚いたのは優児自身だった。受験で必要とされるのは、私立文系だと、国、社、英の三教科だが、これだけなら日大どころか、明治、立教も狙えると担任教師から言われた。

たまげちゃった。俺なんでこんなに、できるのかなあ。でもいいぜ、この調子だ。やるぜ、心の中で優児は叫んでいた。


高村と出会ってから、優児は全てがいい方向へと進んでいた。期末テストも中間同様好成績、目のほうも最近ややくっきりと見えるようになってきている。裸眼0・08が0・1くらいに戻った感がある。遠くを注視したり、全身の調子をよくすべく、腹を引っ込め腸を刺激する運動や体を捻って後方を睨む運動をしたり、皮膚の強化のため、冷水を浴びての鍛錬をしたり、シャワーで目を一日二分ほど洗ったり、とにかく必死にやっている。空手のほうも、手による上中下段の受け払い、正拳、手刀、貫手、掌底の突き技、肘打ち、前蹴り、横蹴り、後ろ蹴り、上中下段の回し蹴り、前蹴り上げ、横蹴り上げ、膝蹴り、膝による受け、いずれも左右各二十五本、計五十本ずつ練習している。無論連日だ、休みはなし。試験前二週間だけはこれらはしないが、夏休みになってからも毎日続けている。体のほうはピンピンしている。朝晩マスターベーションをしている。毎日二回夏休みに入ってからは射精している。いつもの倍だ。ズリネタは東スポのエロコーナーだ。

そして夕方、白いTシャツに青い短パンの優児は、二キロほどのランニング中だ。走っている最中、彼の頭の中には、「巨人の星」のアニメ版の主題歌、「ゆけゆけ飛雄馬」が流れる。わりと涼しい夏だが、汗は流れる。

走り終わって家に戻った優児は台所に行った。そこには直子が半袖のブラウスとスカートの上に白いエプロンをかけて、夕飯の準備中だった。

優児を見た直子は、たった今龍男が来て金をもらって帰っていったのだが、その際また偉そうな口を叩いたので腹が立ったという愚痴をこぼした。

それを聞くや、優児は眦《まなじり》を吊り上げ、家を飛び出した。

あの野郎、まだ近くにいるはずだと優児が思う理由はこうだ。龍男はその体力のなさと七十歳近い年齢のため、林家から至近のバス停まで、普通の人なら歩いて五分のところを途中、休み休み行かざるを得ず、非常に時間がかかるのだ。

今は身長も百五十七センチを超えた。蹴りも自分の背より高い点まで上げられる。体育の時ディフェンダーの位置から蹴ったサッカーボールはハーフラインを遥かに超え、周りの奴らを驚かせた。やってやる。復讐の時だ。積年の恨みを思い知れ。打ってこいよ、倍返しだ。やってきたってカウンターのキックを心臓に入れてやる。もうビビることあねえ、正当防衛でぶっ殺してやる。優児の心中で怒りが吠える。

龍男は林家から南へ徒歩二分ほどのある家の薄い灰色のコンクリート塀の前にしゃがみ込んでいた。白い半袖ワイシャツに黒っぽいズボン姿で、夏の陽光を避けられるところにいた。

　龍男を見つけるや、優児は走るのをやめ、ゆっくりと歩きだした。そして龍男の前に立った、怒りに燃える目と共に。

「おい、クズヤロー、とっとと走ってこの町から出てけ。そして二度と家に来んな。川でも海でも飛び込んでくたばれえー」優児が怒鳴る。

「うるせえな、お前こそどっか行けや」龍男は事もなげに言葉を返す。

「なんだとてめえ、俺やお袋に今までさんざんでけえ態度でダニの癖に、死ね死ね死ねー」

「早くあっち行けや」

「そりゃてめえのほうだ。走れ、走らねえとこうだー」と吠えながら、優児が右足で塀を蹴る。ドシンと音が響く。

　龍男はその威力に驚き怯えた。こんなの喰らったら死ぬ。

「走れー、走って出て失せろ」と優児。

「あっち行けよ」

　切なげに言う龍男。走って逃げたいが、走る体力はない。心臓麻痺で死んでしまう。

「走って消えろー、もう面あ見せんなー、死ねー」とまた優児。走らせて死なせる腹だ。

　死ね、走れ、消えろ、クズヤロー、ダニヤローと優児は何回言ったか自分でも分からぬほど叫んでいた。が、龍男はあっち行けと言うのみで、その場を動かない。

業を煮やした優児は、右の前蹴りを龍男の顔の右側を掠めるように放ち、塀をドスッと言わせた。

「いいか、二度と来んなよ。とっととくたばりやがれー」と吠えて、踵を返し家へと向かった。

表情は険しいままで、心臓は激しく鼓動を打ち、喉から飛び出そうだった。家に入った優児は居間に行き、そのままそこでへたり込んだ。動悸が止まらず、三十分ばかりそのままでいた。やっと動悸が収まった優児は、ぼそり独りごちた。「闘いはこれからだ」。

それから数日後、同じ格好で優児がランニングを終え戻ってきたところ、同じ格好の龍男が林家の東向かいにある、コンクリート製電柱の前にしゃがみ込んでいた。

龍男は優児を見るや、「よう」と愛想笑いをしながら、声をかけた。

「二度と来んなっつーたろが、てめえ」と目を吊り上げた優児は低く唸った。次の瞬間、優児は唾を龍男の顔に吐きかけた。前回と違い、鼓動は平常だった。

「このバカヤロウ」と龍男は力なく言った。

「バカヤロウとは、なんだてめえ、ゴキブリヤローに言われる筋合いはねえんだよ、消え失せろ。面あ見せんな、くたばりやがれ」と落ち着き払って言う優児。その後すぐ家に入った。

しばらくして、優児は再度外へ出て様子を窺った。が、そこに龍男の姿はなかった。

それから、直子に龍男が来たのか訊いてみたが、否との回答を得た。

ははは、やったぜ。あのヤロー弱いし気弱いし、家に入れなかったんだ。なんて弱いんだ。

よし、いいぞ、これで金を取れなくすりゃ、餓死させられる。バンザーイ。心の中で歓喜の声を上げる優児だった。

それから数日後、優児が二階の自室に行こうとして、克男のオフィス部屋に入ったところ、声をかけられた。克男はダークグレーのスチールデスクの前に先だっての龍男同様の身形で立っていた。

「お前、兄貴になんてことしたんだ」いつになく必死な声で言う克男。

「今までの分を、ちとお返ししただけよ」とTシャツ短パン姿の優児がふてぶてしく言葉を返す。

「いいか、二度とすんなよ。兄貴が狂ったらどうすんだ。やったら学費出さねえぞ」

女房に出て行かれたあと、家の中のものを勝手に質入れされた悪夢が、克男を必死にさせていた。

「なんだとー、文句はあいつに言えよ。なんで俺が責められなきゃならねえんだ。俺の前に二度と奴が顔出せんようにしろよ」

学費のことを言われ、こう返すのが限度の優児だった。

克男は家族の前で初めて、本当の顔を見せた。もう貧困の中で絵を描いている兄貴を哀れと思わないかなどと、人情家ぶっていられなかった。

最近成績もいいし、東京六大学のどこかにでも入れれば、見栄っ張りの自分にもありがたいが、あの反抗的態度はいただけない。どうして理系のおとなし目の人間になっていかないのか。進路にあんまり言う必要はなかったので言わなかったが、言うべきだったか、エンジニアたれと。しかし、言うことを聞く玉ではないなと思う克男であった。

一方、龍男は優児からのさらなる攻撃は受けなかった。克男の言葉が効いたというより、龍男が優児を恐れ、優児を避けるようになったからだ。

夏の夜に優児は一人自室にいる。眼前にオレンジ色のカーテンが吊り下がっている。そこに、今まで自分を苛めてきた奴らの顔が浮かんで消える。まずは一匹やった。次はこいつらだ。東京の大学に行ったら、極真空手をやろう。本気になりゃやれるんだ。道場の金はバイトで稼ぐ。あの柔道部の奴を倒すにゃ本格的修行がいる。強くて賢い男になって、屑がのさばり、罪もない被害者が泣く世の中を俺が変えるんだ。舐められっ放しじゃ男として認められねえ。世の中変えようとすりゃ襲われるだろう、刃物も銃も捌いてやらあ、マス大山のようにな。やったるぜ。心の中で言葉も燃える。突きや蹴りが伸びていく。練習後は汗だくだ。カーテンを開け、網戸から夜風を入れる。

しかし、高村と会ってからいいこと続きだな。六月にゃ、ルアーで初めて魚釣ったし、まイワナ狙いでウグイだったけど。あいつの親戚はいいとこの出なんだな。伯父は大企業の重役で早稲田大出たっつーし、親父さんも国立大出で大企業勤務だし、うちとは大違いだ。社会の上のほうの人達って情熱的なんだなあ。高村もそうだしね。見習わなきゃと思いながら、口走った。「頑張ろう」。

秋も冬も優児は頑張った。授業中は必死に集中、帰宅後は肉体の鍛錬を二時間強毎日行う、そして八時間は眠る。食事はバランスを取っている。試験前半月だけは家でも一日五時間勉強をするので、トレーニングは休み、月〜金と睡眠時間は六時間ほどにする。体調も成績もいい。メリハリがついていた。

土曜の帰りには常に高村と共に駅まで歩いた、夢を語りながら。日曜はちょくちょく映画を、主に洋画を観に行った。これのきっかけは、高村と出会う前になんとなく観た「レイダース」だった。眼鏡がなく字幕は見えず英語も分からずだったが、大冒険活劇ゆえ面白くて夢中になった。それ以来、ラジオカセットのテープに入れるのは、もっぱら洋画の主題曲となった。高村とよく話をする映画好きの男子とも映画の話もしたり、たまには一年生の時プロレス話をしていた理系のクラスにいる連中とだべりに、昼休みに彼らのところにも行った。

優児は文系と理系の間を行き来するタイプだった。ゆえにその差を見た。理系の人は下ネタにいかず、アニメが好きなのが多く、ある面では人がよく純であった。子供っぽいと言える。一方、文系はその逆、助平で大人びている。政治の話をするのは文系で、この県出身で元総理大臣、今や汚職で刑事被告の闇将軍は、彼らの間では大人気で、ほとんど誰も悪く言わなかった。

優児も権力を握るためにはぎりぎりはやらにゃならんと思っていて、それこそ世の犯罪者を皆殺しにしちまって正義を実現すると言うわりには、大学に行ってから闇将軍を研究しようと考え批判はしなかった。

高村も世を動かす実力者たるには汚いことも必要と思っていて、どうすればああなれるかなどと話していた。

具体的中身なしに、経済も政治の諸問題も語って、ただよくしていこうと言う二人だったが、差異はあった。高村は育ちのよさゆえ信をもって僕は人を動かすと主張するのに対し、優児は鉄の掟の組織を以て俺はやると主張した。優児はとりわけ犯罪対策は厳しく必罰思想を先鋭化させ、悪は粛清だと言っていた。幼児の時と中学時代に痛めつけられた経験が、彼をそうさせていた。

優児はその受容性のなさを発揮しだし、周りから煙たがられていった。たまに家でもやたら過激なことも言ったので、父親は出る杭は打たれると窘めたが、効かなかった。正義とか言うくせに、やたらとよく笑う実に小柄の女子に嫌悪感を持ち、聞こえよがしに嫌味を言ったり、一回だけだが擦れ違いざまに軽く押したりして、いい気になっていた。

高三の春を迎え、優児は一組に属した。私大進学用のクラスで、英、社、国に重点を置き、数学の授業も理科のそれもない。彼らは私文と言われ、もう勉強する気がなく就職するしかない落ちこぼれ共を含んでいる。大学を目指す連中も、東京へ出て遊ぼうてなのばかり。授業中にもその雰囲気は漂う。

だが、その中に真面目に勉強する奴が一人、優児だった。ここが勝負の年、絶対現役合格と決意を固め、一学期の初めから、体のトレーニングの時間を削り、まず学校の授業の予習から始めた。そしたら遊び人クラスではもう浮く始末。

二年生の時から同じクラスの伊藤なる男子がいる。中背で細身、眼鏡をかけている。ローリングストーンズ好きで少し騒々しい。この男子は二年の時から優児が嫌いだ。賑やかなのが好きな彼は、普段物静かな優児は虫が好かない。優児も伊藤が嫌いだ。うるさい奴は嫌なのだ。だからと言って、二年生の頃は何もなかった。だが、三年になると周りに遊び人のツッパリで落ちこぼれが数人おり、この手の輩と馬が合う伊藤は彼らを後ろだてとして、優児にちょっかいを出してきた。

だからと言って優児は慌てもしない。ツッパリと言っても、元はまあ優等生だった訳で、迫力はない。リーゼントふうの髪形も、たいして凄みを出せない。せいぜい聞こえよがしに嫌味を言うくらい。優児と目が合えばそれも言えない。喧嘩のできる武闘派はいない。中学時代もっとひどい連中に揉まれ、当時より体も大きくし一応いざという時には蹴りもある。かかる場合に備えてきたとあって、優児に恐れはなかった。かといって、まだ百六十センチ弱、体格のいい複数のツッパリ相手には、こちらから仕掛ける訳にもいかず、無視することとした。

この高校は、毎年六月半ばに体育祭を行う。真面目な学生達には不人気で、一応真面目派が多いので、その気ならこの生徒会行事は潰せるのだが、シラケ世代の彼らはそれすらしようともしない。なぜ不人気かと言うと、運動競技より、仮装ダンスの順位争いに重きが置かれており、これが嫌がられている。事前練習もあるし、馬鹿な格好はしたくないのだ。が、彼らはこれを好む少数派に気後れして、黙っている。

その少数派はツッパリあんちゃん共である。この高校にも十パーセントくらいはいる。彼らは原宿の竹の子族を真似て、カラフルで奇異な衣装で踊ったりが大好きだ。校則が何かと話題であったが、この高校のそれは緩かった。底辺校と異なり、極端なツッパリルックの生徒はいなかった。

初夏の陽光の下、体育祭は行われた。グラウンドの端には十枚のかなり大きい看板が並んでいる。それらには絵が描かれている。内容は各チームの名称にちなみ、さまざまだ。

優児は自チームの看板製作の係となり、ダンスもせずに済み、看板と逆側体育館脇の大会本部のテントの下で椅子に座っていた。高村が本部役員をやっているので入れてもらったのだ。一時仲が悪くなりかけたが、別のクラスとなって、最近は関係もまたよくなっていた。全競技が終了し、あとは閉会式のみと思っていた優児の眼前でそいつは起こった。ついてこいとのツッパリ共の号令に従わされ、生徒らが大会本部に詰め寄り、学校側に抗議をしだした。理由はこうだ。三年生のツッパリの数人が前日、生活指導の教師にスナックでの飲酒を発見され停学を喰らった。彼らは各チームのリーダーであり、今日だけでも出してやらないとチームも困るし、三年生で最後なのだからかわいそうだ。なぜ処分を一日延ばさなかったのだと、校長らに泣いて文句をつけた訳だ。

優児やツッパリ共に従わされた真面目な生徒らは呆れていた。自業自得ではないか。乱闘でも起きるかとも思えたが、結局抗議だけで治まった。

つくづくこいつら、ツッパリやそれと親しい女共はドアホウだ。自分で悪さしといて、罰せられて逆恨みとは、いつから日本はこんなのを生みだすようになったのか。こんな流れは変えねばならん。ただ、今は受験勉強だ。気後れせぬような本当の鍛錬はそれからだ。力がなければ抑えられない。男なんだから。そう思い机に向かい励む優児であった。

夏休みが勝負と聞いていた優児は、期末テストが終わり、試験休みに入るや、朝から夕方まで自室で連日七時間勉強、その後ランニング、夜には空手と目のトレーニングと、寝る時以外はほぼ休みなしで踏ん張った。学校の夏期補習には見向きもしなかった。レベルが低い、ペースも遅い授業では駄目と判断したからだった。己との孤独な闘いは夏休み中続いた。優児は八月三十一日だけオフにしたがそれ以外怠けず、百パーセント、計画どおりやり抜いた。その結果、国、社、英の三教科なら学年二位、業者による模試でも合格可能性をDからAに一気に上げた。

　こうなると、周りは妬みから優児のボストンバッグを踏みつけたりしたが、優児はそれをやったと覚しき男子を睨みつけ、二度とさせなかった。

　二学期に入ると、優児は連日五時間自宅で勉強し、月〜金と六時間睡眠で踏ん張っていた。もう体のトレーニングは休みとした。息抜きは東スポを見るくらい。テレビはほとんど見なかった。ただ、テレビは視力回復の練習開始以来、まず見ぬようにしていた。一応半月に一日は完全オフとはした。

　伊藤は仲のいいツッパリの一人と踊りながら、「モヤシヤロー」とか言ってきたが、軽蔑の視線を向けたら、すごすごと退散した。

　ある時、日野なる百八十センチはある男に後ろから軽く小突かれ、優児は顎でも蹴り上げようかとも思ったが、今は喧嘩している時ではない、大事の前の小事と耐えた。

　優児は何をされても動ぜず表情も変えずにいて、ひと言も口を利かず超然としていた。そこにもってきて寝不足で悲愴感まで漂わせた。そうしたら、ツッパリ共も不気味がり、何も言わなくなり、誰も近寄らなくなった。

　男子らがこうならと、ツッパリと仲のいい数人の女子が声をかけてきた。が、優児は完全無視。それでも昼食時に話しかけてきて、ひと言だけ口を利いたら、その女子が伊藤に

「モヤシ、口利いたよー」と言うのを聞き、このオカッパの眼鏡ブスと優児は少しカチンときた。で、それ以来、女共も声をかけようともしなくなった。

受験前だというのに、なんじゃこのクラスはと、優児は呆れるのみだった。くだらぬ真似ばかりで、真剣さはまるでなし。男共は女がどうのと軟派な話ばかり、女もこんな奴らとだべってばかり。じゃ、本当に仲がいいかと言うとそうでもない。男共はあんなブス共と陰口を叩いている。ツッパリと言ってもこんなもんだった。こんな連中が主流のクラスであった。まあ、この手の輩と距離を置く者もいるが、必死さはなしであった。

年が明け、いよいよ受験。優児は偏差値65の、六大学の一角を占める私大法学部に合格、そこに進学することにした。

三月上旬、優児は白壁の教室の中にいた。卒業式を終え、戻ってきたところだ。椅子に腰かけ、受験と受験勉強の日々を振り返っていた。

大学受験も簡単だった。気合入れようと自分の怠けようとした時、自分の横っ面に気合のパンチを入れていたのだがと、優児は心中で呟く。優児と同等の大学に合格した者も数名同クラスにいるのだ。

偏差値65じゃ二流だ。マスコミはこれで難関なんてよく言うぜ。でも中学の頃からすりゃ大躍進、よしとしよう。あの日野のクソヤロー、卒業式の前、体育館前の廊下に並んでる時、手え出してくるかと目え吊り上げて身構えてたってのに、ほかの奴らと一緒に固まってやがった。数分だけど数人ひと言もなく立ち竦んでやがった。俺の気にビビったな。顎蹴ったれと思ったんだがな、正当防衛で。ま、いいか。中学ん時の連中から見りゃかわいいもんだ。本当この三年間はようやった。背も十八センチ伸ばし、今百六十五だ。が、これからよ。優児はまた心の内で言葉を連ねた。

「ねえ、東京行ったら同棲しようよ」

「本気い、からかってんの俺を」

狸面の醜女がダサい醜男と会話をする。

「なんか楽しそうね」と色黒で猿顔のブスがその会話に参加する。三人共着席したまま声を弾ませにやけている。

女は欲しい。が、まず俺は修行だ。こいつらみたいに遊ばねえと、心中で優児は言う。

このクラスは、浪人も多く出した。

この卒業式後、国立大の合格発表があり、地元国立大を受けた高村は不合格、浪人となった。それを聞いた林は高村に電話をし、彼を慰め、自分の目を覚ましてくれたことに心の底から礼を述べ、最後にこう言った。「いつか日本のトップで会おう」。

これからこそが大変だ。財界でも政界でもとにかく出世して権力の座へ。そして、世の中を変えるのだ。その具体策探しに大学へ行くんだ。少し眠いだけで机に向かえばいい受験勉強どこじゃねえぞと、自身に気合を入れる優児であった。

東京多摩地区内の某都市、私鉄の駅から徒歩十分ほどにある、二階建てクリーム色のアパートの一階、二号室、ここが優児の借りる部屋だ。六畳一間、台所、洋式トイレ、シャワーはないが風呂つき、家賃月四万四千円。雨戸を開けると眼前は栗畑、こちらが東側、新宿から二十キロは離れていて、東京と思えぬ環境だ。ここから、杉並区にある大学まで私鉄に二十分揺られて通う日々だ。この大学の本部は御茶ノ水にあるのだが、一、二年生は杉並で講義を受ける。

この部屋の畳の上にテレビはない。東側の物干場の脇にあり、建物から出ている蛇口の前に洗濯機はない。修行にこれらは不要と優児が主張したからだ。テレビはくだらない。洗濯は盥で手でやるのが修行生活に相応しいという訳だ。自炊なので冷蔵庫や調理用具はある。ほかは、自宅から持ってきた机と本棚と箪笥と食器入れとラジカセがある。黒いダイヤル式の電話機も置かれている。

家賃四万四千、仕送り十二万は贅沢かもと優児は思う。風呂なし三万くらいの部屋で、仕送りも十万ほどの暮らしでと思っていたが、気前のいい人振り好きの克男は奮発した。優児は金を大事にする節約家で、赤字は全く出さない。

まあ、しっかりしていると言えども東京の洗礼は受けた。消火器の訪問販売に引っかかってしまった。が、すぐ市の消費生活センターに駆け込み、金は取り戻した。

世間では五月病なぞと言われるが、優児には無関係だった。さすがに一人暮らし開始後一週間は不安だったが、すぐ慣れた。大学には毎日行き、全講義に出席している。サボリ癖の怖さを身をもって知る彼は、サボろうとはしない。自炊も、高いものは食えなくともバランスの取れた食材でしているので、体調もばっちりだ。もう、この生活開始から八ヶ月が過ぎている。

一見順調のようだが、優児には悩みがある。それは目だ。去年の四月に検査した際、矯正で右目は1・0だった。初めての眼鏡だったので、0・5くらいにしておいた。それが一年後には訓練の結果改善した。背だって伸ばしたのだ、目も治るはず、受験後新たな視力回復の書物を入手し、以前からの方法と併せて毎日やっているのだが、よくならない。これでは極真空手ができない。極真は突き蹴りを防具なしで当てる流派だ。「空手バカ一代」の影響もあり、本当に強くなるならこれしかないと思っている。当てない寸止めの空手をやっている者は大学にいるが、彼も極真の真似はできないと言っていた。やはりやるならこっちだ。でも、こうも見えないとやばいだろうし、それと強い近視だとよくボクサーがなってしまう網膜剥離になりやすいという知識は持っている。なんとしても目を治さねば、自分一人の練習だけのマスかきヤローで終わってしまう。本当に一角の男に成らんとするなら、まず第一のハードルを越さねば。極真の支部道場は大学の最寄り駅の隣の駅の近くにある。せっかく東京へ出てきたのだ。頭のほうはだいぶよくしたし、今も歴史上の英雄伝等も読み努力しているのだ。大山先生の言うよう、本当に文武両道の男になるんだ。大山倍達氏は「空手バカ一代」で言っていた。素人なら三十人くらいは一人で倒せると。空手家になるわけではないから、そこまではいけまいが、黒帯取って一人で十人やるくらいにならねば。そのためにまず目を治さねば。

そう思い、優児は学校帰りに新宿の大型書店に向かった。目に関しての書物を調べるためだ。素人向けの医学書を読むうちに、優児は真っ青になっていった。

小学四年の頃から見えている透明な蛙の卵状のものは飛蚊症なる病的なそれであり、特に空等背景の明るいものを見る時によく見えるのである。そして、これは網膜剥離の前駆症状たる可能性が高く、それが出たら即眼科医の診察を受けねばならぬと書かれてあった。

翌朝、初冬の曇天で薄ら寒い日、濃紺の合成皮革のジャンパーにカーキ色のズボン姿で、優児は新宿にある某大学病院にすっ飛んでいった。その大学病院は優児の通う大学と協定を結んでいて、無料で診てもらえるのだった。

大学病院はかなり年季の入った、白が灰がかった、東京としては高くはないビルであった。内部もその白壁にかなりの年季が感じられるものだった。

優児は症状を医師に告げた。それから裸眼、矯正と視力を測定された。左右共裸眼0・06、矯正0・3だった。それから眼底検査のため、薬を点眼された。瞳孔を開く薬だ。それから三十分ほど待たされ、視界の中で光を弾くものが滲むようになった頃、暗室に連れていかれ、強力なライトとルーペを使って診られてから、顎を載せて診る器具を使用し、さらに詳細に眼底を検査された。その際も強い光が当てられ、眼前に細いレンズが伸びてきた。

その後、診察室に戻った優児は、医師にこう言われた。丸顔で眼鏡の若い男性医師だった。

「あなたのような強い近視の人の目は膨らんだ風船みたいなもので、衝撃とかに脆く、網膜剥離を起こしやすい。右目の右上部が、網膜のそこだけど、かなり薄くなっている。孔が開きそうだ。ひと月後にまた来てください。孔が開いたらレーザーで焼くから。それと、毎日一回は片眼を手で覆って、片眼ずつ視野が欠けてないかチェックして。剥離となると剥げたところが見えなくなる。あと、目の前にやたら光が飛んだり、黒いのとか蛙の卵みたいなのが急に増えたりしたら、剥離の始まりかもしれないから、すぐここに来て。それと目の辺りをぶつけないで、それと体に振動をもらうようなことも避けてね、バイクとかね。とにかく、何かさっき言った異変があったら飛んできてください」

レーザーだとか言われ、混乱しながらも優児は訊いた。

「これって治す方法は」

「体質的だから、根本から治す手はない。孔の段階ならレーザー、剥げたら手術しかない」

「遺伝ですか」

「それもあるね」

「本を読んだり、映画を見たりは」

「それは大丈夫」

「ほかに生活で気をつけることは」

「特にはないです。それではひと月後」

医師は淡々と言うだけであった。一方優児は内心青褪めながら、やっと声を出していた。

診察後、手渡された紙があった。清算用のそれだ。そこに慢性指導料と書かれてあった。打ちひしがれ、ふらふらと清算用窓口に向かおうとした時、薬のため優児の視界が滲んだ目が、病院の壁に貼られた紙の記事を捉えた。銀縁の眼鏡はかけていた。

低体重児、高齢出産児は目の奇形が多い。それが記事の内容であった。

無料の清算を終え、並んでいる椅子のうちのひとつに腰をかけた優児は呆けていた。周りにはわりと多くの人がいた。

しばらくしたら、さまざまな思いが、言葉が、優児の中で交錯していった。

終わっちまったよ、おらあ。これじゃ極真どこじゃねえじゃん。寸止めだってしょっちゅう流れて当てられるし、防具つきの拳法だって普段の練習じゃ防具なしだ。振動が駄目じゃ柔道とかもできねえ。これじゃスポーツ全滅じゃねえのか。本には力むのもまずいってあったぞ、腕立て伏せも駄目かよ。走ったって体は揺れるんだぜ。これじゃフヌケヤローだぜ。手術だレーザーだって。本にあったぜ、中年以降はこんな目の者は視力がろくに得られんと。お先真っ暗だ。遺伝性だって、じゃ結婚もできねえ、子供がまた病気にやられちまう。という前に、こんな男選ぶ女もいねえや。病気持ちじゃ会社も採ってくんねえ。就職はどうすんだよ。生きてけねーじゃん。具体策なしで大学入ってからその道を、世の中動かす大物になる方法を探ろうとしたのに、たった八ヶ月でしまいかよ。高村に会えて本気になれたってえのに、二年半ちょいの短い夢だった。飛蚊症なんてもう、目自体変質してたんじゃねえか。民間療法で近視を治すって本を書いてる人も本に書いてた。変質したらもう無理と。遺伝だと、じゃあの腰抜けクソジジイの血が出やがったんだ。おまけにあの夫婦、高齢低体重児出産をやりやがった。俺はトリプルパンチを喰らっちまったって訳だ。チクショー、チクショー、チッキショー。俺、本当に終わっちまったぜ。

この日の夕方、目の滲みが治まってから、優児は眼鏡店に行き、レンズを替えるべく検眼を受け、新調の眼鏡を手にした。ただ、四角張って銀縁のフレームは替えなかった。

大学には通わないというより、通えなかった。極左系の学生らが、大学の学費値上げに反対し、大学を封鎖したため、講義が行われなくなったからだ。この封鎖は冬休み突入の前日まで続いた。

何もすることのない優児は冬空の下、東京の街を、大学近くの駅からある日は新宿へ、また、とある日は渋谷へと彷徨うかの如くぶらぶら歩いた。夜は布団を被り、一人でさめざめ泣いた。冬休みは田舎の実家に帰省した。体を壊されたことについて文句の百も言いたかったが、病気についてては語らなかった。もう絶望なら大学辞めろと言われそうで、物事を途中で投げ出すのが嫌になっていた優児は、両親に沈黙を守ろうと決めていたからだ。一応、学年末の後期試験用に、教科書も読んだ。もうテスト前には勉強とついた癖がそうさせた。

冬休み明けに再び大学病院に行った。そうしたら、病状は進行していない。次回は三ヶ月後にと言われた。

一月下旬に始まった後期試験は、やる気もなかったが、義務ゆえに多少の勉強をして受けた。

その終了後、帰省する前に優児はアカデミー賞の呼び声も高い映画「アマデウス」を観に行った。そうしたら、優児自身驚いたことに字幕なしでも英語の台詞を半分くらい聞き取れた。東京に出てから、優児は映画主題歌を集めたカセットテープを購入し、ちょくちょく聞いていた。そのテープは二本あり、ひとつはムーンリバー等が入ったスタンダードナンバーのそれで、もうひとつは007の主題歌集であった。その成果が出たなと思ったが、こんな体じゃもう意味がない。磨けば俺は英語も話せるようになろうが、こんな病人磨いてくれる企業もなかろうと空しいだけであった。

二月中旬、春休みに入ってすぐ帰省した優児はほかにやることもないので、宮本武蔵や「ドクトル・ジバゴ」の小説を読んだ。もう本当に父の克男が嫌になり、家の中でもなるべく顔を合わせぬように避けた。

四月上旬の二年前期開始前に、言われたとおりに大学病院に行き、一年の時は目の診断後体育はなかったが、今年の九月下旬からの体育はどうしたらと医師に訊いた。それくらいなら大丈夫と言われた。

かといって、治ることのない病的高度近視なので、注意事項に変化なしであった。

もう仕方ねえ、三月に一度大学病院で診てもらいながら、卒業までどうなるかも分かんねえが、行けるところまで行くしかねえ。もう深く考えねえでいこう。やけのやん八だぜ。こう思いつつ全講義に出席だけはする優児だった。

二年生開始早々、一年時の成績が判明。優児は優十個、良四個、可一個、不可ゼロ、まあいいほうであった。一般教養は単位認定が甘いと聞いていたが、あの程度でいいとはさすが日本の大学と、ちと呆れていた。

講義に出るだけなら、暇は腐るほどある。大学に毎日通っているだけに、それなりにクラス内に知り合いも増える。法律学の講義は大教室で複数のクラスの者を集めて行われるが、外国語（優児は英語以外は独語を選択）や体育実技は五十人ばかりのクラスごとに行われるので、やはりクラス内で知り合うのだ。この大学の法学部女子は極端に少ない。優児のクラスには数人しかいない。体育実技は男と女は分けていた。

一応有名大だけあって、周りは皆優等生ばかり。中学時代は生徒会副会長だった者や、作文で県知事賞を取った者やら、かつての優児から見たら雲の上の人だった秀才揃いだ。この大学の精神は在野を謳うだけに、秀才でもがらっぱち的な面を持つ学生が多い。柔道や空手の有段者も一割くらいはいる。

さすがに優等生は、ほぼ文武両道だな。こいつらの将来は明るいな。俺もせっかくここまできたのによ。中学時代学年ベスト10内の奴らは神童に見えたもんさ。勉強もスポーツもできたもんな。そういった連中の集団に今、俺はいるけど、お先は真っ暗だ。落ちてくだけなんだろうな、目えやられてさ。ほとんどの奴より一歳若いのに、先のねえジジイみてえな心境だ。こんな感じで、しょっちゅう心中でぼやいている優児だった。

大学の教科は後期だけしか試験をしないものが多く、二年生の冬には十二月から試験勉強をする優児だった。法律の専門教科は単位認定がからいと聞いていたのと、目のことが心配で寝不足にならぬようにと、早くから準備をした訳だ。高校時代のように直前だけ睡眠を削っては、もうできなかった。ゆえにふた月くらいは日に三時間ほど自分で勉強した。

望みもねえのに、なんで俺やるんだろ。食生活もバランス取ったままで、おかげで体調のいいこと、下痢にも風邪にもめったにゃならない。そうしないと気持ち悪いんだよ。もう習慣化したんだな。はっ、でも空しいやと、よく無言でぼやく優児だった。

最近おとなしくなった感はあるが、やはりこの息子は好きになれんと心の内で呟く克男は、今、自宅の居間にいる。口で言ってはみたが、無論本音じゃない。こんなのをかわいそうと思う者もいまいが、本当にやっちまうとなんとなく気持ち悪いものだ。こいつは平気なのか。

こう思う克男の眼前には、ドブネズミの死体がある。背の毛は濃い灰色、脇腹辺りは茶色だ。腹から少しピンク色の細いものが飛び出ている。腸だ。殺したのは優児だ。

居間の北側には、掛軸の下に数十センチほどの高さの押入れがあり、そこで音がした。白っぽい引戸を開けたら、ドブネズミが小さい木箱の裏に隠れたので、それをどんと押した。チューと鳴き声がして、あとはこうだった。

「俺が受験で忙しい時、台所にドブネズミが出ても何もできんで、せっかくお袋がネズミ取りで捕まえりゃ逃がして、また芋齧られて、結局穴塞ぐだけだった。やらなきゃピー子やブンとかやられちまうだろが」少し怒気を含ませ言葉を吐く優児であった。

居間の東側の障子戸前に鳥籠がある。このピー子は二代目の桜文鳥だ。初代は直子が掃除中戸を開っ放しにしておいたところ、家から出ていってしまい、また買ってきた訳だ。このピー子は幼鳥の頃から育てたので手乗りだが、夫のブンは成鳥で家に来たので手乗りにならずであった。

「明日の朝、俺が生ごみとして捨てにいくよ」と優児が、ドブネズミをポリ袋に入れようとしている直子に言った。冬の夜の出来事だった。

あの一件以来、優児を避けてきた龍男であったが、稀に出くわすこともあった。休みで帰省していることを頭に入れていない時もある訳だ。

いかに目をやられようと、龍男なぞ恐るるに足らずと優児は「出て失せろ、二度と来んな、死ねー」と怒鳴りつけた。以前、圧倒した相手だ、反撃はできぬと踏んでいた。

ちょうど克男が不在で居間に上がり込んで、直子に金をせびろうとしたところ、優児が飛びだしてきた。目を怒りに燃やす息子の前に、「やめろ、やめろ」と言いながら、割って入ったのは直子だった。直子は赤褐色のセーターに黒いズボン姿、下腹がちょっと出ていて、眼鏡をかけた丸顔の脇の左耳には補聴器が見える。龍男に迫らんとする優児を止めるべく、両腕を伸ばし軽く押していた。

結局金をもらい、黒っぽいノーネクタイのつんつるてん背広姿に、黒っぽいコートを羽織って帰った龍男だった。

最近直子は龍男に丸め込まれがちだ。龍男に、優児が自分を襲ったり唾を吐いたりしたのは、直子が優児の前で文句を言ったりしたからだと責められ、謝罪させられたり、龍男の言う、自分は真面目にやってきたのだが、きつい女との結婚で人生が狂ったんだとの嘘を真に受け、直子自身の口から同情的な台詞を発してみたり。

それを聞くたび、優児はあんなクズに謝るな、あんな奴の言うことを信用するなと、直子に不服を述べた。優児は誰から聞いたか思い出せぬが、龍男が十五歳くらいからおかしかったことを知っていたのだった。

全くあのヤロー、ポーカーフェイスだな最近と、心中穏やかでいられない優児であった。三年生になると、講義が御茶ノ水の校舎で行われるので、引越す同大学生も多い中、優児は同じアパートで暮らし続けた。多摩地区の環境がすっかり気に入っていたのだ。自然も多いし、不便もなし。この地区が好きだった、自分の故郷よりも遥かに。特に冬場が快適だったのだ。冬場でも太陽を見られるとは素晴らしいという訳だ。

三年になっても優児の日々に変化はなし。三月に一度眼科医へ。大学の講義には全て行き、アパートに戻る。目の状態に変化はなしだ。二年時の成績は優四個、良十個、可と不可〇、専門科目の認定の厳しさに優児は少し驚いた。が、出来はいいほうで、この大学は初夏に各都道府県ごとに父兄会を催すのだが、その際直子は司法試験を目指させてと頼まれるほどだった。

淡々と日々を送っていた優児だったが、夏休み中に変化はあった。克男が結核で入院したのだった。だが、これとて優児の生活に変化はもたらさなかった。優児の生活費と学費は電通公社の退職金で賄われていたし、克男には年金があり、休職しても林家に大きな経済的影響がなかったのだ。

大学の夏休みは長く九月下旬までなのだが、その九月半ばに優児は五年半ぶりに雪村と会った。なんとなく懐かしくなったのだ。雪村は約束どおりに現れた。そして二人は、変わってないとか、眼鏡をかけてて最初分からなかったとか、とりとめのない話をしながら、近所の住宅街を歩いた、昔のように。秋と言えど、まだ気温は高かった。が、風は爽やかで半袖長ズボンの二人には快適だった。揃って白っぽい夏の装いでいた。いつしか二人は、自分達の出た中学校の側に来ていた。突き抜けた青空の下、肌色の校舎は相変わらずであった。休日ゆえグラウンドで練習する野球部員のほかに人気はなかった。

二人は悲しげに目を合わせた。優児が目を病み将来を望めぬことや、雪村が職業訓練校に行けず今は親類の仕事を手伝う日々であることは、つい先ほどの会話で知っていた。

「なあ、雪ちゃんよ、ここで俺らをやった奴らにやっぱお返ししてえよな」

「そうだな、やってやりてえよ」

「なんか、どんな手使っても、いつかな」

「そう、付き合うよ」

「それまで生きてくか、なんとか」

二人の会話は悲しげに小さい声で行われた。そして、「じゃ、また」と言い合い、別れた。離れ行く二人の顔はいずれも少し顰められ、唇もややひん曲げられていた。

優児が帰京する日も近かった。

平均すれば七、八階くらいとなろうか、数多のビルが林立する東京神田駿河台。ここに優児が通う大学の本部がある。大学のビルはここだけでも十数棟はあり、本当の意味でのヘッドクオーターはどこか優児は知らない。もっとも知ろうともしないが。

昨日、大学病院に行ったが、変化なし、また三ヶ月後。今回診たのは女医だった。将来どうなっちまうのかと訊いたら、どうにもならないいんじゃないと答えた。盲目にならんで済むんかい。でも分かんねえ。

にしても、大学ってなひでーもんだ。講義にゃ出ねえ学生は多いわ、学生一人注意すんにも、声上擦らせ腰引きやがるヘタレヤローが教授やってっしなあ。これじゃレジャーランドって言われたって、しゃあねえな。何が有名大だ。東大や早稲田はましなんだろな。こんなんじゃ日本が潰れんのも近いんじゃねえの。よくもまあ、こんな大学から一人だけど総理大臣が出たもんだぜ。金で学位売ってるだけかい。日本の法学界や司法関係者は何様のつもりだ。民法の不法行為なんて、俺らにも義務教育で教えてくれたっていいじゃんよ。そうすりゃ雪村は救えたじゃん。時効は三年じゃねえか。おまけに訴訟にゃ金も時間もかかって、貧乏人じゃ使えねえ。司法試験の合格平均年齢は二十八くらい、これじゃ庶民から法曹にゃなれっこねえ。世間知らずが裁判官じゃ下々の者が困んだよ。だから犯罪被害者は無視されてきたんだ。これについては学者も言いやしやがんねえ。奴らは少年には将来性や可塑性があるとかぬかしやがるが、あの杉山なんざ、底辺工業高行ってヤクザと付き合って、シンナーやシャブやって体壊してくたばりやがったし、会田は親父が商売でしくじったにせよ夜逃げしちまった。現実はこんなもんじゃん。

法学だけじゃねえ、経済学だってひでーもんよ。うちの学校はマルキシアン多いけど、海の向こうの実験の結果、もう駄目だ。ケインズだって経済成長を理論的に説明できない。ノーベル経済学賞取ったアメリカのマネタリストのフリードマンだって、現実に対処できてない。こいつぁ人間音痴だ。減税すりゃ仕事やる気んなって経済が活性化して、結果税収が増えるだあ、アホくせえ、人間は生きるため嫌々仕事してんだよ。どこに目ぇつけてやがんだ。アメリカの財政は大赤字じゃねえかよ。なんで学問てこんな程度なんだろ。いったい理論とは、科学とはなんだ。法律どうのと言ったって、食えねえんじゃそれどこじゃねえ。まず経済ありきだ。なのに誰も頼れねえ。世の中の経済状況がよけりゃ、俺でも生きてけんじゃねえかな。なんとか生きようとする、こりゃ悲しき本能だぜ。どうすりゃいいんだ。もう悪党皆死刑なんて極論吐く気はねえが、理論ばっかで俺らみたいなのをシカトしくさった奴らをやっつける方法はねえもんかな。

と心の内でぼやきつつ、図書館の新聞閲覧コーナーで、日課の朝日、読売、毎日、サンケイ、日経の新聞各紙を隅々まで読んでいる優児であった。

古い建物が多い優児の大学だが、図書館の入るこの建物は新しい。十階以上ある薄茶色のビルは、この大学に似つかわしくないほどだ。優児は二年生までひとつも単位を落とさなかったので、三年の後期となると週休三日でいいのだが、金がないので学食と新聞を取っていないので図書館に用があり、休日以外はほぼ毎日、一時間ほどかけ大学に来ていた。

それでも天気のいい日で、講義のない時は多摩川沿いに散歩をして、聖蹟桜ヶ丘まで上り、アパートに下ることもある。ここは緑が多く、ちょっとした山も望めるとあって、優児のお気に入りのコースだった。春には道端にスミレも多い武蔵野の台地だが、秋には川端にススキが、道の脇にヒガンバナが、白く赤く姿を見せてくれる。秋から冬にかけ、故郷に比べ晴天も多く、陽光の下、武蔵野の台地に生まれていたらと思ったりの優児だったが、散歩時主に考えることは、経済とは、主義とは、理論とは、権利とはなんだという、固い問題だった。学者が駄目なら自分でやるしかと、頭を使っていた。散歩の時以外の電車の中でも、神田を歩く時も、ほぼ起きている時は始終固いことを考えていた。そして、一人だった。たまに同じクラスの者と喋ることもあるが、基本孤独だった。遊ぶ気になれなかった。女は欲しかったが、遺伝病で先なき身、何かあっても責任は取れぬと諦めていた。散歩の時の昼食は、途中に在る大型スーパーで売っているヤキソバやタコヤキだった。

もう晩秋だ。澄み渡った空、冷たい空気、西の空は朱に染まらんとしている。枯草が風に揺れる。優児は多摩川の土手の上にいる。白いスニーカーが土や小石を踏み、前へと進む。

体調に変化なし。ジジイの結核の影響は、もう心配しなくてよしだ。ヘビースモーカーで体の管理をきちんとせぬからああなる。栄養も運動もバランスが悪い。あの男は歩こうともしない。こんな体でも歩くのは問題ないからな。でもよく歩くな俺は。行って戻れば十二キロだ。ちょうどいい具合だ。あの兄弟は俺の十分の一でバテるな。二人揃って煙草吸ってゲホゲホだもんな、馬鹿だ。一年でもなんでも入院していればいい。経済学なんて、一年の時から本や日経新聞の論文コーナーを読んできたが、最初はちんぷんかんぷんだった。が、もう三年目だ。今は分かるぜ。学者より俺がましかもな。

この頃優児は自分で経済成長の理論を作っていた。ケインズの理論に手を加えたものだ。ケインズは消費されずに残る金が問題としていたが、優児はこれが需給ギャップと言うほどの大きいものでなくば、必要なものとした。金は物品なくば無意味である。金が残るとは社会に余力があるということだ。これなかりせば、新産業を生む新たな科学技術の研究が不可能となる。新技術は新産業を生み、これが社会に循環すれば、経済規模は拡大、金の循環量も増え、物価的にインフレになろうとも経済成長は実現される。それが証拠に科学技術の進歩が著しい時、経済成長率は高かった。戦後プロペラ機からジェット機へ、技術進歩は大きかった。二十年でファントム戦闘機までいった。最新鋭はF－15イーグルだが、自衛隊はまだファントムを使っている。これが最近の低成長の理由だ。科学技術がもうそんなに伸びていないのだ。

そして、これこそが最近のバブル経済の原因でもある。新産業の芽がそんなにない。投資先はない。なのに日本の産業力は強く、世界に輸出しまくり、不必要なほど金を日本にもたらす。金は余る。余った金は株や土地に流れ、投機状況を引き起こす。欧米は日本に内需拡大を求むが、これは無理だ。日本の社会を見よ。物もサービスも溢れ返っている。日本は供給力過剰なのだ。過労死するまで働くことはない。生きるために必要な分を稼いだら、あとは余暇を楽しむべきだ。そうすれば、不必要な摩擦も消える。

うーん、我ながら言うようになってきたと優児は思う。今は分かるぞ、生涯学習社会の意味も。

貧困から脱出しようとするなら、まず低賃金で単純労働をして安くものを作り売ればいい。が、それで豊かになれば賃金も上がる。より多くの物やサービスを手に入れんとすれば、当然であるし、リッチになるため人は働くのだ。しかし、高賃金は生産物コストも上げる。高いだけのものでは買う馬鹿はいない。高賃金、すなわち豊かな生活の継続のためには、高くても売れる高付加価値化が不可欠だ。そのためには労働力の質の向上も不可欠となる。ゆえに人間は終生学ばねばならん訳だ。

優児の経済センスは抜群だった。誰から教わらずとも、貨幣の流通量が増えれば、流通速度も増すはずとの仮説を立てた。これはノーベル経済学賞を取ったフリードマンにより実証されていた。それを読んだ優児は自身が驚いた。なんでこんなに世の中の金の流れを見切れるのだろうかと。科学技術の進歩こそ経済成長の源であるとの説も、日経新聞の経済教室の論文で東大出のエリートが述べていた。なら、俺もある面東大級かと思う優児であった。

経済のほうは分かるようになってきたが、主義とは、権利とは、法理論とはが残っている。誰も教えてくれないから、自分でやるしかないな。そう思う優児は今日も考える。

優児の故郷で三月はまだ冬。今、彼は春休みで帰省中だ。ちょうど自宅に帰ってきたところで、玄関の戸を鍵を使い開け、靴を脱ごうとしている。主のいないステレオルームから、キャンキャンと鳴く声が聞こえてくる。

優児は家に上がるや、ステレオルームに直行。段ボールに囲まれた朱色の金属製の柵の中、そいつは後ろ足で立ち上がり、前足を柵の上部にかけ、キャンキャン言っている。

優児はそいつの前足のつけ根を両手で掴み、持ち上げ、抱いて居間へ連れていく。

優児が火燵の前に行き、そいつを降ろした。それから窓辺にあるガスヒーターと火燵のスイッチを入れ、襖を閉めて火燵に足を入れた。いつもは克男のいるところだ。座布団も本来、克男用だ。

そいつは優児の右脇の、淡い紫を基調に白い幾何学的模様を持つ火燵布団の上に座り、静かにしている。

頭から尻尾まで白い毛で覆われたそいつは、マルチーズの雄だ。生後七ヶ月、丸い目と鼻だけが黒い。この家にやって来て半年たらず。夫は入院、息子は東京、孤独となった直子が寂しさを紛らわすために買ったのだ。名前はパピー。英語でパピーは子犬の意味だが、英語なぞ何も知らぬ直子がなんとなく語呂でつけた名だ。まだ散歩に連れていかれてないので、腹がちょっと出ている。

　優児はつい先ほどのパピーが立ち上がった姿を思い出した。

「置物のタヌキみたいでかわいいよ」と言いながら、優児はパピーの頭を撫でる。そうするとパピーは尻尾を横に振る。

　パピーは優児にすっかり懐いている。優児もこのマルチーズを愛しく思っている。こうしてくっついていると、ほんわかした気分になれる。

「いよいよ四年か、就職どうなんだろなあ」と優児は独りごちた。和らいでいた表情がやや険を持ち、眉が顰められた。

　だが、その顔は長く続かなかった。優しい眼差しをパピーに向け、頭を撫でながら言った。「おい、パピーよ。お前だけでも幸せに長生きするんだぜ」。穏やかな声だった。パピーは尻尾を振り、応えた。

「チュンチュン」と鳴き声が優児の左のほうからした。

「お前さん達もな。元気で長生きしてくれよ」と鳥籠の中の藁の巣の中で寄り添う、嘴の紅い、目と頭の羽毛が黒く、頬の毛が白く、胴がグレーの羽毛の、二羽の桜文鳥にも声をかける優児だった。

最近はピー子達を籠の外で遊ばせてないなあ、パピーがいるしなあ。まあ籠の中に手を入れてスキンシップはしているけどと、優児は心の内で呟いた。

「だいぶ日が長くなってきたなあ」と、また独り言う優児だった。

四月上旬、桜満開の頃優児は帰京し、大学病院に行き、眼底検査を受けた。異常なし、今後は、半年に一回とか自分でその間隔を決めて診察を受けるか、もしくは異常を感じなければ来なくてもいいと言われた。就職に関しては、体に振動を受けるような職でなければよしであった。

もう異常がなければ来なくていいは嬉しいけれど、何かたいしたこともできずの学生時代となった。こんな体じゃ、医療制度の遅れている途上国に派遣される職は避けなきゃ。しかし、この大学病院もきれいになったな。内部もピカピカ、十数階建ての白亜の殿堂のビルに建て替えられたんだもんなあ。医学は儲かるんだなと心の中でぼやきつつ、二年以上の歳月を痛感する優児だった。

四年生の初めに三年時の成績が判明、入学後初めて不可を喰らった。ひとつは選択科目だったのでたいしたことはないが、もうひとつは必修科目ゆえ、これだけでも卒業不可となる債権法だった。この債権法は、半分以上の学生が不可をもらうものであった。

この大学の法学部は、専門教科の単位認定がからいものがいくつかあり、半分以上不可がつく教科もほかに複数あった。が、この債権法は特別だった。学生らは本読んでいて取れぬ、どうすりゃいいんだと口々に言い合っていた。優児も勉強しても合格点を取れぬ教科に初めて出会い、当惑していた。

就職活動も控えているのに、夏休み前の債権法の試験は今度こそ受からにゃと、その本を読むしかない優児だった。

この時点で優児の取得単位数は計114、卒業には6単位の債権法プラスの二科目8単位でよしという状況になっていた。大学の教科は一年間講義をするものは4単位、半年だと2単位、これが通例である。優児の単位数なら、就職用卒業見込証書には充分。現在優は18良19可2、これで就職に臨むこととなる。

夏休み前の債権法試験は終わった。なんとか可は取れるなと優児は確信した。次は就職試験だ。が、彼はやる前からヤケクソだ。遺伝病に苦しむ身、子供は作ってはいけない。先はない。おまけに三年あまり少し勉強したにせよ、ほかは何もできなかった。面接でどう言えばいいのだ。目の検査を受けていたなんて言えやしない。病気持ちを採る会社もあるまい。どうしようもねえ。これが本音だ。

それでも、一応有名大生、有名企業も受験だけならできる。一生に一回くらい格好いいオフィスビルに入れるだけは可だ。記念受験だなと自嘲する優児だった。

こんな状況下でも、万一人事を騙せたら、その後なんとかなるかもしれぬ業種選択はした。本当は電機メーカーに行きたいが、急速な円高の影響で、これらの会社は途上国へ進出せざるを得ず、これらを選ぶなら将来途上国派遣は覚悟するしかない。体がこれでは医療制度の遅れている国へは行けない。諦めるしかない。なぜ電機メーカーかというと、これら先端技術を持つ企業こそ、日本の牽引役と思うのと、金融関係ほど残業が多くない、金は安くても人間的に生きられると聞いていたからだった。

何かあったらレーザーで網膜を焼いて剥離前に孔を塞ぐか、剥離なら即手術じゃ、やはり無理だ。英語も磨けば光るし、途上国も面白そうなのにと嘆く優児は、国内の支店が多い銀行や生命保険会社を受けることとした。日本国内なら、目に異変があっても即病院に行けば、失明せず済みそうだ。途上国での手術はかなり危険と、読んだり聞いたりして知っていた。消去法での選択だった。もちろん故郷へ帰らなくていい企業ばかりだ。克男と暮らすなんて真っ平だ。

八月下旬から学校での企業説明会、九月上旬から面接開始との就職協定のため、学生も企業も大っぴらに動けず、それでもこそこそと、私服の学生と企業が接触しつつあった八月上旬、克男は退院し家へ戻った。

克男は息子の就職活動の仕方が許せない。故郷へ帰ろうともしない。こいつは林家の跡取りとして作ったのだ。戻る気がなければ引き摺り込むまで。本心は隠して直子に命令した。優児の就職活動に必要なものの要求は、全て自分を通せと。

まず留守電の要求を克男は拒絶。優児は同級生らが皆設置してもらっていたので、自分もと頼んだのだが。東京での就職成功に手を貸す訳にはいかぬのだ。時間なしと突っぱねた。

次に克男は、盆前に帰郷しないかと優児に、上京後初めて自ら電話をかけ誘った。せいぜい歓待して、家のよさをアピールし、そのまま故郷で就職活動をさせようとの腹だった。しかし、優児はこれをあっさり拒否。もうこそこそと活動している時に何を言うのかと呆れていた。優児の「帰らない」との返答に、克男は思わず「チッ」と舌打ちをした。

どうしてくれようか、考えろ、女を騙して結婚した俺ではないか。まず情報収集だ。そこで克男は、優児から就職活動状況を根掘り葉掘り問い質した。そして、昨年同様企業説明会開始から間もなく面接も始まり、九月上旬の会社訪問解禁時には、内定を得た学生が企業に出向くだけの形式的なものになるだろうとの見通しだ、との情報を得た。

解禁日は九月五日か。この日、奴を東京にいられなくすれば、東京での就職は駄目になる。東京に残らせない。しかし、どうする。考えろ。頭を捻る克男だった。

奴を釣る餌がいる。そうだ、電通公社が民営化されたJ社だ。そこの通信局、このブロックの本部は隣県の県都だ。大卒の地方採用はあっちでやっている。もうコネで決まっているな。それでも九月五日に形式だけは会社訪問を受けつけるだろう。コネがあるから、俺は元局長だからと丸め込んで九月五日にあっちに行かせれば、東京での就職はパアになる。あの野郎、成績はいいから、どこか受かるだろう。でもおじゃんにしてやる。最初は説明会を学校で複数受けられるというから、それが一段落したら、J社に引っ張っていこう。なんとか会うだけなら会ってくれるだろう。でも、あいつも気づくかもな、コネにならぬと。だから俺がついていこう。会ったあとで九月五日にここに来いと説得するためだ。ピエロにしてやるぜ。俺や兄貴に逆らいやがって、復讐してやる。克男の出目金の両目が嫌らしく光っていた。自分らが嫌われる理由は承知している。逆恨みなのだ。

就職説明会が始まった。最後は就職課に頼むか、どうせろくなところに行けまい。でも卒業後、働くしかないんだ。そう思いつつ、優児も就職に挑んだ。

説明会初日はともかく、早二日目、個別面接も始まった。九月五日までどころか協定等二日持たず。優児は大手都銀を受けたが皆落ちた。予想どおりだったが、なんとかしなければと就職課に相談。わりと大手の電機メーカーをひとつ紹介された。こうなったら体のことなんて言っていられない。潜り込めばなんとかなるかもで電話をしたら、明日来てと言われた。さらに一次面接を通った中堅の生保から、明後日来てと電話をもらった。その晩のこと、優児は克男よりまた電話を受けた。

ここのところ、毎夜克男は優児に電話をかけていた。時機を窺っていた。銀行が駄目だったと知り、さらに苦戦中と聞いていたので、まず、こう切りだした、親切そうな声で。

「J社のこっちの通信局が会ってもいいと言うてるから、お前来いや、俺が連れてくよ。

場所分からんだろ」

「会うだけなんて行かん。面接に来てと言われてるのが二社あるし」と素気なく優児は答えた。

「何言ってんだ、俺は元局長だ。試験なんだよ」

「じゃ、なんでそう言わないんだよ、はなから。本当かよ」

「向こうが試験だって言ったんだ。お父さんを信じるんだ。裏口は開いてるんだ」

「本当にそう言ったのか」

「言ったって言ってるだろ。お父さんを信じれば間違いない」

苦戦中なら本当のことを言っても誘えると思っていたが、嘘で子供を釣るしかない克男だった。結局騙しにまんまと成功。明日上京して明後日隣県県都に連れていくと話をつけた。

優児は目のことで自信を持てず、本当はやってみたい途上国赴任の希望も失っていたので、克男の話に乗った。内定は欲しかった。円高の影響で各業種共まともな会社の文系の採用意欲は低く、バブルで景気がよく採る気満々なのは証券会社くらいだったのだ。証券会社はこの世の地獄と学生は皆嫌がっていた、もちろん優児もだ。J社も故郷のブロックなら、隣県で暮らせ、帰郷せずに済む。山岳県も悪くないとも思っていた。優児は直子から、克男の結婚時の詐欺について聞かされていた。が、直子や周りの全ての人の言う、いい人との評判を疑わなかった。

よし、上手くいった。あのクソガキが俺を嫌い、出ていったのは分かっている。こんな、あの兄貴にいいようにされる俺じゃ、無理もない。が、俺らに逆らうのは許せない。就職なんてめちゃくちゃにしてやるんだ。俺だけじゃなく兄貴の世話もさせてやる。第一、父親の老後は考えてないのか、跡取りのくせに。馬鹿女の次はお前だ。林家の人柱になれ。それが跡取りだ。このブロックの本部が隣県でよかった。でなければ乗せられまい。心の中でほくそ笑む克男だった。

翌日、メーカーの面接で優児は人事部の者に、かつて苛めに遭いそれをバネにしてやってきた過去を語り、面白いと言われ、明日の二次面接に誘われた。が、克男の話を優先させ、ほかの日はと交渉、一応保留とした。

この日の夕方、克男は上京。優児のアパートに泊まり、翌朝優児と共に特急列車で山岳県県都へ向かった。優児は紺のスーツに白いワイシャツ、紺のストライプが斜に入る赤いネクタイという出で立ちだった。一方克男はダークグレーのスーツで、くすんだ青系のネクタイを締めていた。克男は列車内でずっとヘラヘラしていた。騙しに我成功せりなのだった。

J社のブロック本部は、地方都市では頭ひとつ抜けて高い、十階建てのビルだった。夏の陽光をそのガラス窓が弾いていた。

優児を導き、自らも人事の者に挨拶をし、ではこれからは人事と優児とでとなった時、「終わったら駅のところにいるから、必ず会いに来いや」と息子に念を押し、克男は去った。

小ぎれいなオフィスで、茶色のソファに座り、J社の社員と向き合い、優児は話を交わした。スーツ姿で眼鏡をかけた中年太りの男が、一人で相手をした。

話が進むにつれ、優児の背中には冷たいものが走るようになった。パンフレットの説明だけで、全く試験にはならない。面接でもない。OB面談にもならない。試験と言うから持ってきた筆記用具も全く不要。向こう側に採用意欲を窺えない。来たければ九月五日にでも来てくれ、これだけだった。

一応、礼だけ言うと、優児は脱兎の如くビルを飛び出し、駅前へ直行した。

この地方都市の駅舎の脇の、人通りの少ないところに克男はいた。優児を見るとヘラヘラした顔で声をかけた。

「どうだった」

目を吊り上げ、優児が怒鳴る。

「何聞いたんだ。面接も試験もねえ。来たきゃ九月五日に来いじゃコネじゃねえだろ。お前、相手にされてねえ。二次面接が二つあったんだ。どうしてくれんだ。ああー」

克男に驚きの表情は見えなかった。これも予想していた。これからが本番。丸め込まにゃならん。そのためについてきたのだ。

「五日に来いって言うなら来ればいい」

「ふざけんな、先にやるからコネなんだ。でなきゃコネじゃねえ。まだメーカー保留なんだ、五日に拘束されるようにするしかねえのに、何馬鹿言ってんだ」

「五日にここ来い。ここに来るんだ」と克男は食い下がった。なんとしても故郷に戻してやると、声にも必死さが滲む。

「誰が来るか、もう何もすんな」

結局これで終わりだった。

保留だったメーカーも駄目になった優児は、途方に暮れていた。結局、就職戦線は十日も経たぬうちに終局となった。いい会社へはもういけない状勢であった。そんな優児にまた電話をする克男だった。

「どうしてくれるんだ、ガセネタ掴ませやがって」と力なくも噛みつく優児に対して、怒鳴って返した。

「男のくせに何ねちねち言ってんだ。もう金送らんぞ。故郷帰ってこい。おめえに会いたいって言ってるカーディーラーもあるんだ」

クソジジイ、謝りもしねえで、その態度か。もしテメエの遺伝病がなきゃ、空手で鍛えた体とアピールできたんだから、就職の戦略も変えて、途上国へ行くようなメーカーを中心に狙って、こんなヘマせずに済んだはず。そして一角《ひとかど》の男になってやるはずだった。きちんとした志望を持てりゃ、地方のJ社なぞ無視できたのに。こんな馬鹿なことは避けられたろうに。おまけにカーディーラーだ、ほとんど辞めて残んねえところじゃねえか。この世間知らずめ。心中でぼやく優児。声もない。

「何黙ってる。カーディーラー受けろ」と克男は怒り気味に言う。

おめえにゃ、誰も残んねえようなとこがお似合いだ。そして故郷で俺ら兄弟の食いものにされちまえ。克男は内心で吠えていた。

「誰が帰るかよ、もうかけてくんな」と小声でやっと言い、電話を切る優児だった。

就職課に頼んでも、ろくな会社を紹介してもらえず、就職浪人する訳にもいかず、優児は業界五位、準大手の証券会社を受け、内定を得た。九月も十日も過ぎていた。まあ、このご時勢だ。今は転職も当たり前、ほかの景気がよくなりゃ、そっちにいけばいい。もうこれくらいしかできんと、自分に言い聞かすのみであった。

直子は内定を取った息子に祝意を表したが、克男は無言だった。もう電話口に出ようともしない。終わってしまったのだ。J社に受かったはずをあの馬鹿というような台詞を、悔し紛れに直子に言うのみだった。本音は言えぬので、こう息子を罵倒するしかなかった。

晩秋の一日、角錐体状の屋根は早闇の中だ。日本武道館の最も高く後方の席に優児はいる。縁がオレンジ色で中が青い、シートで覆われた四角い台の上、白い空手着の二人の男が黒帯締めて超高速でパンチ、キックの応酬中。第四回極真世界空手選手権準決勝第二試合、日本のエースはイギリスの黒人選手の速いヒットアンドアウェイ戦法に大苦戦、先の第一試合で日本の強豪はスイスの白人選手に判定で敗れ、もう日本は崖っぷちだ。本戦は三分間、延長は二分間だが、もう五回目の延長戦。日本のエースが相手の足への回し蹴りの連打で、その意識を下方へ向けさせた瞬間、右上段回し蹴りを敵の左横っ面に角度を絞り叩き込んだ。崩れ落ちるイギリスの空手マン。一本、それまで。満員の観衆は総立ち。無論、優児もだ。すげえぜ、生まれてこの方、これほど感動したことはねえと、優児は心中で叫ぶ。

結局、日本のエースが決勝も大激戦の末制し、日本は王座を死守した。

すげえ、すげえぜ。極真魂にゃ痺れたぜ。骨は拾ってやるとの応援段幕の台詞もすごかったけど、膝の皿割られながら戦い抜き、勝った男も見た。少数だけど、担架で退場のKOシーンも見た。あの人達、入院だろうな。でも極真の大会は死者や再起不能者は出してねえんだ。皆鍛えられた体だった。逆三角形というより、四角い感じだった。手や肘による顔面攻撃は禁止だから、そんなに顔はやられなかった。でも、パンチが入る時もあったし、キックが入った日にゃ伸びちまった。こりゃ、こんな体じゃできねえな。掴み禁止と言っても、キックパンチと続いて、クリンチ状態になって、二人揃って倒れてドッタンバッタンになった。あれだけでも、モトクロスバイクもあかんと言われてる俺じゃあな。振動が続けば目えやられるな。もし体がまともだったら、あそこまでいかなくても、きっと強くなれた。しかし、あの強い人達が先輩だとおっかねえだろうな。果たして俺、持つかなあ、続くかなあ。道場費はどうしたろうかな。いくらかな。こういうことにゃ、あの芸術軟弱ジジイは金出さんしな。だが、燃えてる時はなんでもやれるもんだから、やりたかった。熱く燃えたかったぜ。健康が欲しいぜ。でもこの大会見に行って、本当によかった。少年部の演武で回し蹴りの出し方が分かった。足の甲を相手の側面に当てる感じで、斜め下から突き刺すんだな。今まで足の内側が当たるみたいな変なフォームだったもんな。よっしゃあ、アパートに帰ったら早速練習だ。これなら回し蹴りから後ろ回し蹴りへと、独楽《こま》のようにスピンすることもできそうだ。よし、腕立て伏せも、頭に血が上らぬよう徐々にペースを上げてやろう。スクワットも突き蹴りの練習もやろう。結構護身にゃなるはずだ。いつぞや新宿駅でＯＬの姉ちゃんとぶつかりそうになった時、左腕でブロックして体を守れたんだ。受けも払いもやんなきゃ。いざって時、身い守れるかもしれねえし、ダメージは下げられる。たとえ、やられようとも歯の一本くらいもらわにゃな。なんか燃えてきたぜ、いやあ感動したぜ。大山先生に感謝しなければな。さまざまな思いが頭の中を駆け回り、興奮覚めやらぬ優児だった。

そのあとすぐ、後ろ回し蹴りもできるようになった。腕立て伏せも連続五十回、スクワットも三百回続くようになった優児は、先の極真世界大会準優勝、スイスの白人空手マンの得意技、踵落としも真似られるようになった。

数百人は収容できる大教室はガラガラ、スタンド状の椅子席は空きがほとんど。木製の教壇上の演台の裏の席に着き、眼鏡をかけた、くすんだ色のスーツ姿の中年以上のお偉い御年輩者が、マイクで教科書の内容を棒読みした声を響かす。これが大学の講義だ。

債権法の取得も、可だったが、為した優児はもう卒業できぬことなぞあり得ぬ状況だった。前期に試験を終えた債権で合計単位120、ゼミで2単位、通年の講義のものを二教科取れば130、卒業単位128はもう楽勝。必修は全て取ったから、週のうち三、四コマの講義に出てりゃいいと計算している優児であった。

それゆえ、最近多摩川沿いの散歩の回数を増やしている彼だが、今日は大学の講義に来ている。法哲学の講義は出欠を取るからだ。今までの講義は出ていたけど、半分舟を漕いでいた。が、この法哲学は自分の哲学的センスを計るにいいなと、長机の上に両手を組み、ふと優児はそう思う。そして、また思う、この教科は出席しているのもあるが、絶対優がつく。最近分かってきたのさ、法理論とは何かが。

法律とは何か、これは物理的存在ではない。人間の意識の中であると思えばある。抽象的な何かだ。法律とは甲の場合はこうしろ、この場合は罰するぞ、すなわちやるな、と行為を規制するために存在させている無形のものだ。

なぜ存在させるのか。仮に無法状態となれば、安寧に生きられぬ、それは大概の者が嫌がろう。結局、法とは斯《か》くしたいという人間の欲求が思考の中に生んだものだ。法律の条文の中には、生存権や債権等権利なる単語がよく見られる。権利もまた物理的存在ではない。

権利とは何か、それを主張する時、己を見よ。たとえば生存権を主張する時、汝は生きんと欲している。そして生きる権利があると周囲に言うのだ。すなわち権利とは斯くしたいという人の欲求が思考の中に生んだもの。権利というと理性的なものにも思えるが、なんぞしたいという感情的なものだ。

法律も権利も源は同じく人間の精神である。なぜ人間は精神を働かせるのか、よりよく生きたいからだ。どうでもいいなら、獣の如く好き勝手やればいい。が、まともな者なら嫌だろう。結局、法律の源は、人間の好き嫌いなのだ。殺人を罰するのは、殺されるのが嫌だからだ。もっとも法律が絡まぬ行為でも、人間は欲求、感情に突き動かされて行動するのだ。医学だって、病気で死んだりするのが嫌だから発達したのだ。そう、人間の行動の源は感情である。

ゆえに法学は科学たりえない。法律とは単語の羅列である。単語は人間の解釈により初めて意味を持つ。解釈とは人間の精神活動である。ここには必ず好みが入る。憲法九条の戦力もそのまま解釈するなら、自衛力も含まざるを得ず、自衛隊は違法となる。しかし、それでは侵略されかねない。こう思えば、戦力に自衛力は含まぬとすればいい。一方、非暴力主義を標榜するなら、自衛力も戦力と見なすを是とすればよい。どちらを選ぼうとも同じ人間、絶対的にはなれぬ。結局、現実的に生きるか理想に生きるかの問題。選択も人間の行動、必ず欲求が源になる。国家のあり方も斯くしたいとの人の好みから逃れられない。己に訊くのだ。現実的にという時もそうしたい。それが自らの利益。結局こっちが自分にとっていい、こっちが好き、だからなのだ。好き嫌いが元なのだ。ゆえに法律学は必ず解釈が割れ、科学にならない。

科学とは動かせぬ証拠に基づき、物事の仕組を明らかにしていく知識の集合体である。いかに人間に好き嫌いがあろうとも、きちんとした観察により細菌なり病原体を確認、さらに実験でそれがある病気を惹起《じゃっき》すると証明されれば、もう反論の余地はない。科学とは、人間の行動とは無関係にそこにある物理的存在の構造の解析であるゆえ当然。証拠の前に理論は無意味だ。理論なしでも自然現象は起こるのである。

法律学には、科学にはない主義なるものがある。主義とは斯くあるべしという思い込みである。なるほど、これがないと行動の方向性が失われるので、不可欠ではある。が、たかが思い込み、これにこだわると現実は駄目になりがちだ。そも主義にしたとて、現実をよりよくしようと思い作られた無形のもの、言わば手段である。手段に拘泥して現実を悪化させれば、目的の阻害以外の何物でもない。これでは阿呆臭い本末転倒そのものだ。ところが法学者共は、この主義に基づいて論旨を展開させる。そして、理論が主義に反しないように、ここにこそこだわる。自分達のこだわりがもたらす、現実における結果には無関心である。ゆえに泣きを見る者も増えるのだ。

少年法の理想で、腐敗した連中の犠牲にされた雪村や優児のように。

法学者共の理論の理は理想の理だ。現実とはかけ離れたものが少なくない。学者とは娑婆から逃げた人々である。娑婆での現実は、戦いの連続である。人間との、自然現象との。

理系の科学者なら、触れるのはたかが物だ。気をつければ接近でき、何者も否定し得ぬ道理を発見できる。科学理論の理は道理の理となる。

一方、法学者共が本来触れるべきものは人間である。人間とは危険な生物だ。自らの意志で攻撃をしかねない。へっぴり腰の法学者では触れられぬし、第一彼らは触れようともしない。そして、夢の理想に酔い、その理想主義から論を展開させるのみ。で、言い張るのだ、理論的なのだと。これでは、臨床から逃げて医者面下げるペテン師野郎そのものだ。

これだけ相手を見切れれば、大学の試験なぞ、一切勉強せずとも合格できる。法学の試験は六法の書、法律の条文の持ち込みは可だ。ただ書物への書き込みは禁止、判例つきの六法の書は不可だ。これらを許せば全く勉強、つまり条文の解釈、どう条文を使い法律問題を裁くべきかが書かれた本を読まずとも、答案を書ける。第何条に何が書かれているかなんて試験ではない。第何条をどう解釈して、運用するかを問う試験だ。もちろん普通は、学生は学者の解釈の書たる教科書を読み、覚えてそれを書く。しかし、その解釈は同じ人間のするもの、学生も学者も絶対ではない。ある問題を見つつ、条文の単語をいかに解釈するかは、甲の場合どう思うか、一種の感想文である。法律問題でどう思うかは、どのように裁判を決着させたいかなのだ。学生であろうが同じ人間、自分の意見を、こう解釈したいを書けばいいのだ。法学の試験は即興で法的感想文を書く。これで受かるはず。その際、論旨の展開に気をつけさえすればいい。こう解釈したいとの理由づけがしっかりしていればいいのだ。

法理論の理は理由の理だ。学者はある理想がこうだからとその理想を理由にするものだ。自衛隊は戦力である。不戦の理想に反する、ゆえに違憲だとのように。理想的なものが好きなのだから、彼らが好むような文を書けば、成績はよくなる。これに反論して書けば可しかつかない。特に公法の場合、この傾向が強い。私法でも学者の好みにより、いい成績を取れる文は決まる。法解釈の源は好き嫌いゆえ当然だ。一方、物理の理は物の持つ法則中の真理の理だ。

こう確信している優児は来たる後期試験で自身の説を証明すべく、実験をする気である。落としてもいい科目もあるからだ。

もう法学、法律を解釈する科目も二つだけだ。これで実験しよう。この二つは絶対勉強せんぞ。ただ、この二科目のノートのコピーは入手して、直前に数分だけ見る。それで学者の好みが分かる。人間の思考は必ずパターンが出る。好き嫌いが元だから、何かひとつでも好きな考え方が分かれば、どんな問題でもその傾向に合わせて書けば良以上、逆に反して書けば可になるはず。全く勉強しない訳だから、試験時間六十分のうち、初めの二十分はどう裁きたいかを考えるだけで、書くことはできないな。日本法史みたいな科目は一応勉強しとこう。

法哲学は何を書きゃいいんだろ。法人たる会社とは、とでも問われりゃ、物理的存在でない。大きなビジネスをやる際、失敗したら大借金が残って、関係者が生き地獄を見かねない。それじゃ大規模な事業をやる奴がいなくなる。そこで会社というものをあることにして、そっちの責任にする。言わば、会社とは責任逃れのため、人間が思考の世界に作った無形のものだ。法律上の用語は人間の利のために作られ、操るものだからこれでいい、とでも書くか。

国家も同じだ。物理的には存在しないのだ。でも、あることにしとかないと皆困るもんね。外交や軍事とか、国がなきゃできなくなっちまう。言語からなる法は人間の道具なんだから、皆の御都合によけりゃいいのさ。

でも、日本の大学とは噂以上のひどさだ。理系はともかく、文系はなんだ。たしかに法律学は科学になれないものだが、法学部の教科には法解釈以外、刑事政策のように人間自体が対象のものもある。これらにしたって生の人間に触れようともしない。経済も教育も全てそうだ。科学にできるものを理論でごまかしている。法学だって人間に触れりゃ、だいたい皆が納得するような、科学的にできるのに。心中でぼやく優児だった。

三月下旬、優児は神田辺りを彷徨っていた。紺のスーツ姿、右肩に灰色のショルダーバッグをかけている。空は鉛色だ。卒業式の帰りだ。

優児の実験は成功した。全く勉強しなかった二科目の法律学のうち、教授の好みに合わせたほうは良、反したほうは可。法哲学は優。

俺の考えは正しかったな。見切ったぜ。でも呆れたぜ。ちとノートのコピーを見ただけで、思想史や法史まで単位を取っちゃったよ。歴史物には俺の例のやり方は通用しねえのに、結局制限単位160全部取れた。こりゃ大学の価値のねえところだった証拠だ。例の債権法は再試験でも半分くらい落とされてたが、卒業前の特別試験で皆受かったみたいだ。今はあの教授の言う論旨の展開の大事さが分かるけど、そんなことは教科書棒読みの講義で教えなかった。最後まで残った奴らは成績のいいのが多かった。ありゃ何か裏があんな。あの教授、司法試験とばかり言ってやがった。いいのをわざと残して、へましたら司法試験へとでも思ってやんな。変なところで変に厳しい。学生の将来は考えてねえ。法理論とは何か考えるもの好きもまあいまい。それを教えようともしねえで試験すりゃ、取れねえ奴が多くなるのは当然だ。ひでえところだ、大学ってとこは。

これ以外でも最悪の点は、現実から逃げた連中がのさばり、現実で使えねえ屁理屈が権威づけられ、現実の庶民に押しつけられてるってことさ。だから、中学とかで俺らみてえなのが見捨てられたんだ。俺が大学で分かった最大のことは、世間で識者とされている学者共が、実は現実を知らぬ大嘘つきっていう真実だった。が、知ったところで訴える術もねえ。俺らを救う方法なんて考えてもくれねえ。大学に来てたのは皆いいところのボンボンだった。学力とかも基礎がしっかりしてて、かつ自分の意見もしっかり言う、個性の強い奴らだった。性格も悪かねえ。俺らとは大違いだ。俺らの来るところじゃねえんだ。俺の大学生時代は病気に怯えて終わった。卒業式は武道館だったけど、俺と極真の勇者との差を思い知らされるみたいで泣きたくなった。ジジイもババアもこんなのについてきて、俺を出させやがって。出たくなかったんだよ。まだ金を頼ってるからしゃあねえが、よくもこんな体にしやがったな。必ず近いうちに復讐してやらあ。一角の男になって世の中を動かすか、はっ、病人じゃ無理だ。文武両道になって、実業界でもどこでも出世すりゃと思ったんだけど、慢性病患者かよ。へへへっ笑っちまわあ。同級生の奴ら、きっといい人生送れんだろな。名門卒だもんな。ええ差だぜ。こんなんじゃ生まれなきゃよかった。泣きてえが涙も出やしねえ。とにかく今は一人でいてえや。心の内で優児は嘆く。

いつしか、空から白いものが降ってきた。

「名残雪ならぬ涙雪だな」

眉根を顰め、空を見上げ、小声で独りごつ優児だった。

東京西部八王子駅から徒歩五分、駅から北へ向かう大通り沿いに立ち並ぶ八階建てくらいのビル群の中のひとつ、レンガ色のオフィスビルに優児が勤めるT証券の支店がある。

「バカヤロー、テメエ、この数字はなんだ。能なしめ、インポか。もっと買わせろ、客のことなんざ考えるな」

怒鳴り声が今日も、清潔感溢れるオフィスビルの二階に響く。一階には証券会社の窓口があり、ピンク色のブラウスにグレーのベストとスカートの女性達が業務に就いていて、多数の銘柄の株価を示す電光掲示板が壁に据えつけられている。この電光掲示板は二階にもある。二階も証券会社が借りていて、こちらには男性営業マンと、投資信託を専門に売る証券貯蓄の中年女性と、総務経理の若い女性の各課が入っている。

総務経理の女性達は、ほぼ九時から夕方六時くらいまでの勤務。証貯のおばちゃん達はかなり遅くまで会社にいる。が、窓口の女性社員は夜十時くらいまで仕事をしている。さらに男の営業マンの仕事が終わる時間は三十分ほど遅い。窓口の女性社員と男性営業マンは、朝七時半くらいから働きだす。両者共異様な長時間勤務だが、怒鳴られたり、時には暴力を振るわれるので、男達は口々に地獄と言っている。

八王子支店の営業課は二つある。ひとつはベテラン、といっても三十歳前後の男達五人の課で、四十くらいの眼鏡をかけた中肉中背の男が長を務める。もうひとつは一、二年目の若手男性の課で、その長は三十三歳の豚のように太った男だ。

優児は若手男性の課に属している。四月一日の入社式後、伊豆高原のホテルでの研修を経て、四月五日に配属された。もう、四ヶ月が過ぎた。飛び込み営業の日々を送っている。五月に二件、六月に十件、七月に十三件、これだけ客を獲得した。そのうち一件は、今夫の仕事の都合で千葉県市川市に住む従姉妹の恵利子だが、ほかは全て優児の力だった。同期二百人ほどの中でトップクラスだ。だが、もういつ辞めるか、それしか考えていない。

研修で同室だった松戸支店の北野はどうしているかな。会うなり、いつ辞めるって言い合った。もう七月だけで三十人は辞めた。新入社員がだ。新規採用数は三百人ほど、うち百人くらいは理系のシステムエンジニアだから、営業マンは七人に一人くらいが転職したんだな。ＳＥはそんなに辞めないようだ。今は好景気だ。結構大手にも転職できる。これでは七月くらいから火が付いたように辞める訳だ。でも俺はじっくりいこう。来年の四月に新たな会社で働けるようにねと思いつつ、仕事をする優児だった。が、もう客を獲得する気もない。理由はこうだった。

証券会社が客に薦める株は上がるか。個人客に関しては答えはノーだ。証券会社は本部からの命令である銘柄を客に推す。バブル景気の真っ只中なのに、これらがまず上がらない。もうほとんど上がりきってしまっていて、しばらくすると値下がりする、こんなのが80パーセントだ。ゆえにベテランの客は異口同音に言う。「証券マンの言う逆をやれば儲かる」と。

大手の証券会社にとり、本当の客とは上場企業である。それらは動かす金の額が個人の比ではない。証券会社は上客に損はさせられぬ。いかにベテランになろうと、先を読める証券マンなぞいない。神ではないのだ。ゆえに上場企業に買わせた銘柄を、時を置き今度は個人客に買わせる。各支店がこれをやれば、無知な個人が多いから買い圧力が増し、株価は上昇。ここで企業に売らせればよい。これがカラクリなのだ。もっとも物的証拠はない。

しかし、現場に三ヶ月もいれば、この手の話が聞こえてくる。優児は準大手にいるのだが、この点大手と変わりはない。ほかにも自社の投資信託の数字のため、個人を嵌めているとの話もある。準大手も投信を売るので、この点でも大手との差異はない。

「ダマテン」なる言葉がある。ダマッテ転用の略、証券マンの隠語だ。三年目以降ともなると数字のノルマは厳しく、甘い客の金を勝手に動かし、いいのがあったので買い換えておきましたとでも言って、客を丸め込まねば、ノルマ達成なぞできぬ。よって全証券マンが大なり小なりダマテンをやっている。これは立派な違法行為だが、訴えられなければ罪にはならぬのだ。

ＣＢという商品がある。転換社債のことだ。これを買ってのちに企業から利息つきで金を返してもらうもよし、発行時に決められた価格で金に換えて株をもらってもよしという代物だ。発行時より株価が上がっていれば、株をもらうほうがよほど得になる。一方、企業は借金を払わなくても済む。株価が下げても、金を返してもらえば買い手は損はしない。相手は株式公開中の上場企業、ほぼ危険なしでハイリターンを望める。しかも、ＣＢ市場というものもあり、発行後すぐ市場で売ってもよい。新規で発行するＣＢを市場流通前に入手できれば、半月もせぬうちに10パーセント超の利息も夢ではない。これを新発ＣＢと言うのだが、証券会社がまず引き受け手になって、市場流通前に客に売る。この際、証券会社は売る相手を選べる。ノーリスクハイリターンも可、しかも半月くらいで10パーセント以上の値上がり益も可、こんなおいしい商品ゆえ証券会社はまず普通の客には売らない。有力政治家やら、多くほかの商品を買ってくれそうな人とか、おいしい客にしか売らぬのだ。さらにだ、新規で発行されたあと、最初の客に買わせ、そのＣＢが初めて市場で取引される時、証券会社は普通の個人客に、ＣＢを市場で買うよう猛烈にアプローチする。これは本部からの指令である。

これが証券会社の正体である。証券会社の手数料は各社共均一である。どこで株を買おうが変わりはない。よって証券マンが客を獲得するということは、営業をする個人を買ってもらうことなのだ。何度も通って仲良くなって、結局は金を擦らせる。これが個人相手の証券営業だ。ちなみに、大手企業相手には本社の法人営業隊が当たる。

噂以上の内実のひどさに、優児はすっかりやる気をなくしていた。もっとも、そのやる気は次の仕事のため、怠け癖をつけぬためのものではあったが。

しかしまあ、娑婆の汚ねえこと、株屋は特別だな。もう客取りたくねえ、詐欺はやだぜ。でも次のため、ちっとはやらにゃ。ただもう当たる数は減らそう。この仕事は当たる数を増やせば、客も増える。率は1パーセントだな。今日はどこで昼寝すっかな。眠らせもしねえで、なんだ人事め、夜八時半じゃねえじゃん、おまけに手え出すじゃん。オンボロ寮で一緒の吉祥寺支店の奴は左の頬が黒くなっちまった。こっちだって、いつやられっか分かんねえ。寮で南京虫にやられて足が痒くて仕方ねえ。とにかく体だけ壊さんようにせにゃ。来春よりもっと早く転職すっかな。下町のオフィスビルで知り合った、新田さんや浜松さんに相談するか。本当やばいところだぜ、株屋ってな。知り合いで本当の味方にゃ何も売れねえと心中でぼやきつつ、灰色の背広を左脇に抱え、右手にダークブラウンのバッグを持ち、夏の炎天下、外回りの優児であった。

こんなひどい会社でも、一応三日ばかりの夏休みがあった。土日併せれば五日ほどの連休ゆえ、里帰りはした。その最終日、帰京するや、優児は飯田橋の職安で求職登録をした。善は急げ、いい職があればすぐ転身だ。それこそ月百時間以上の残業なのに、手取り月収は十万円弱、こういう話をすると、皆職変えろと言う。全くそのとおりだと思う。これから七ヶ月くらいの求職戦だと自分に言い聞かせた。そう、焦りは禁物、まずは職安から紹介待ちだ。

こんな状態だから、八月に入って優児の顧客獲得数は前月の半分以下となった。それでも月四件は取ったから、平均的だ。だが彼の担当課長である近藤は、それが実に気に入らない。

近藤はかつてトップセールスマンだった同期の出世頭だ。四流大卒、河豚《ふぐ》のように膨れた顔と腹、中背だが、体重は相当だ。しょっちゅう怒鳴る。まだ三十三なのに血圧も高いと見え、目の血管が切れていたりもする。管理職となった今は部下共をトップセールスに、そうして出世街道をさらにと思っている。優児の課には二年目が二人、新人が優児を入れて三人居る。準大手証券会社には、業界断トツのノルマ証券と違い、やる気のある奴はほとんどいない。特にここ二年は他業種が不況ゆえ、仕方ねえから来たってのがほとんど。ところが優児の課の四人は案外やる気なのだ。近藤にはそれは頼もしいが、出世の妨げになりそうなのが一匹出やがってと、優児に目をつけ始めた。

一方、優児も近藤が大嫌い。提灯河豚ヤロー、脳の血管ぶち切ってとっとと過労死しちまえ、詐欺クズヤローと口に出さぬが、そう思い憎んでいた。

もっとも、近藤も過去に五、六回辞表を出したことのある、辞め損ねだった。今は職場で引っかけられた女房とその子のために働く、そんな男だった。

わりと冷夏だった八月が過ぎ、雨の多い九月がきた。そのある休日、優児は会社の同期にして、大学の同級生、入社以前からちょくちょく話をしていた二村と会うことにした。来春までになぞ言っていられない事態が発生したのだ。

二村は中背よりやや高目の身長で、優児並に度の強い眼鏡の男だ。中学時代ブラスバンド部だった文化部系で、身のこなしが鈍い。読書家で博識だ。

この二人は危機に瀕していた。その危機とは、彼らの証券会社の新株発行である。資金集めのため、新たに株式を発行するのだが、それを社員に買わせる腹の会社である。新入りとて逃しはしない。会社が金を貸すので買えと言うのだ。一人千株、一株の値は千数百円。入社早々、百万超の借金を強いる気だ。

借金で株を買うことを信用取引と言うが、これは自殺行為である。ここまで株にのめり込むということは証券会社の思うままなのだ。その客は100パーセント死ぬとベテラン証券マンは皆言う。死ぬとは金を全て擦るという意味であるが。

二村は高崎支店勤務だったので、八高線の某駅で会う約束だった。

会うなり、辞めるしかないで二人は同意した。会社は借金で社員の足抜けを封じるつもりだ。次の職を見つけてからと言っていられる暇はない。まあ辞めてもバイトをすれば、生きてはいける。だが住処はどうする。ずっとバイトの気はない。定職探しの間の住処が問題となる。二村は東京足立区の団地が実家だ。職探しの間でも実家は嫌だ、近所の目がある。何をブラブラと言われたくない。一方優児も東京にいたい。じゃ二人でひと部屋借りよう。ちと情けないが、次の仕事で安定するまで仕方ないということになった。

しかし、こんな二人が借りられる部屋なんて。一応、二人共十数万円の貯金はあり、頭金はなんとかなるが。だが、優児には当てがあった。そこで、すぐ連絡すると言って、この日は別れた。

翌日、出社した優児は外回りと言って会社を出て、下町のビルの一室に直行した。

少し古びたビルの、オフィスの中の机のところに、その男は眼鏡をかけ、椅子に腰を下ろし、じっとしている。髪はかなり白く、やや薄くなっている。中肉で太ってはいない。

「こんにちは、新田さん」とここに入るや、優児が言った。

「おお林さん、まずはお茶でも」

ここは不動産屋のオフィスだ。いつもこの初老の男が一人でいる。彼も雇い人だ。優児とは同郷ということもあり、すっかり親しくなっていた。地味なスーツにネクタイ、いつもそんな出でたち。以前は会社を経営する身だったが、潰してしまい、今は他人に雇われている。宅地建物取引主任者の資格を持っていて、なんとか今はあくせくせず、番人みたいに働いて生きている。

優児は新田に自分達の窮状を正直に話し、なんとかひと部屋をと頼んだ。

「よし、なんとかしよう。もしいざとなったら、俺も仕事を紹介する。宅建取って修業しながら不動産鑑定士にでもなればいい。保証人はどうする。俺がなろうか」

「否、どっちかの親で」と優児は答えた。

よし、住処はどうにかなんな。職もコネでもなんでも当たろう。飛び込み営業で分かったことは、当たるほど結果はよくなるだ。そう思う優児は父にも、そして、幼馴染みで今東京の大手サッシメーカーに勤める川村青年にも、職の紹介を頼んだ。その時、下町の市場で呉服屋を営む、常ににこやかで細面の中年の旦那の言を思い出した。なりふりかまうな、世間は皆利己主義だ、自分のことを第一に、したたかに。そうだ、娑婆は汚ねえ、ムショに行かにゃいいんだ、その範囲でなんでもやったらあ、何言われたっていいぜ。こう思って働く優児だった。

ある雨の一日だった。課長の近藤は竹刀を持ち出した。電車でなく、自分の車で出社しようとして、渋滞に巻き込まれ大遅刻をした、優児の一年上の課員とその車に同乗したその課員の同期と優児の同期、計三人をどやすためだ。

なんて奴だ。なんて会社だ。人を人と思ってねえ。違法でも訴えられねえようにしてやがる。寮に入れんのはそのためだ。家探しは大変だ。第一独身者は入寮強制だ。辞めにゃ職も探せねえよ。七時半から十時半で、目光らせてんだし。殴られたって我慢するしかねえ、嫌なら辞めろだし、路上生活は嫌だし。全く法は頼れねえ。大怪我だって訴えられねえと心中でぼやく優児だった。

結局この三人は竹刀で打たれずに済んだ。しかし、成果も上げず、嫌悪の情を露わにする優児に、近藤は平手で攻撃をし始めた。

チクショー、ブタヤロー、俺がフライ級だからって舐めるな。たいした威力はない。戦えば勝てる。しかし、ブロックし損ねて目にきたらどうする。情けねえ。目の前に光が飛んだら、このシャーペンを奴の目に突き刺す。あんな奴に光を奪われるなら、奴も道連れだと意を固め、紺のスーツ姿で柔軟運動をする優児は今トイレに一人いる。

優児は二階のオフィスに入り、近藤の机のほうに向かい、やや距離を取り立ち止まり、近藤の右手を睨み、いつもの質問を待つ。

「今日はどうだった」と近藤が訊く。背広は脱いでいて、白いワイシャツが腹の辺りで膨らんでいる。彼もまた立っている。

「なんにもありません」と低い声で答える優児。さあ右手で打ってこい。カウンターで前蹴りだ。河豚面の顎をぶち抜くと心が叫んでいる。

「そうか、また明日頑張れ、今晩はこれでいいぞ」普通の声をかける近藤。

あれ、怒鳴りもしねえぜ。ははーん、そうか、奴は俺がハイキックを使えるのを知ってる。オフィスでの体操の時見せたっけ。今日の俺は目の色が違う。反撃の気配を悟りやがったんだ。よし、気い抜かなきゃやられねえな。これでいこうと無言で決意の優児だった。

こんな緊張した日々の中、優児には朗報が舞い込んだ、しかもふたつも。

まずひとつめは川村からだった。大手サッシメーカーが会ってくれるので、早く辞めて面接を受けろと、電話で言われた。予想外にいい展開に心を明るくしつつ、その日の深夜、優児は寮から五百メートルほど離れたコンビニのところの公衆電話から、実家に接触を取った。そして、克男が電通公社退職後勤めた電機専門商社、二部上場企業が面接してくれるとの二つめの吉報を得た。

優児は克男に川村からの話もした。克男は息子を証券会社に置いてはおけぬ。跡取りの体に何かあっては困る。林家が絶えかねぬ。が、東京のいい会社にはやれぬ。近いうち故郷に引き摺り込まねば。あの商社はコンピューターを商うゆえ、SEを多く抱え、この部門は出入りが激しい。こんな就職シーズンでもない時に、半年しか勤めてない奴を採るならSEしかない。これなら親切転《ごか》しでまた東京での就職を失敗させ、今度こそ田舎へと思っている。ゆえに口を利いたのだ。いい転職はこいつにいらぬ。

「おめえはふらふらして、どうなっている。もう頼んだんだ。もうひとつは受けんな」ときつめの声で迫る。

優児は父の元いた会社がSEを抱える会社と読んでいる。証券マンだ、会社四季報で調べればすぐ分かる。第一コネであろうと、複数頼み、よりよい社を選ぶことは皆やる。内定を取るまではこうでもしなくては失敗するのみだ。二度目の失敗は許されない。

「あそこは、文系でもやらされる技術系の仕事がある。それだと困る。まだ職種内容の確認もしてない。内定ももらってない。いくつも当たるのは当然だ」必死で言葉を返す優児。

「頼んでしまったから、どんなのでも我慢せい」と克男はさらに迫る。

優児の脳裏に十三ヶ月前の悪夢が蘇って、SEの実情も知らぬ田舎者め、お人よしもいい加減にしやがれと心中で叫ぶ。

「もうひとつは受けんな」との克男の声を聞いた時、優児は呉服屋店主の、なりふりかまうな、利己的にいけとの言葉を思い出した。

「どっちも受けて、いいほうを選ぶ。何を言われてもいい。かまうもんか、泥は俺が被る。頼んどいてなんだと言われるのがなんだあ」と優児は電話口で叫んだ。

克男は優児の気迫に押され、引き下がった。仕方なかった。あいつめ、したたかになりやがった。もう小僧じゃないと心でぼやいた。

もう失敗できねえんだ。これでいい。田舎もんめSEの言葉も知るまい。利用できんのはなんでも利用してやらあ。優児は心の内で吠えていた。

その後、部屋も決まり、いよいよ辞表提出を目前に控えたある土曜、優児は居酒屋にいた。煙草も吸わず、会社の付き合い以外、酒も飲まぬ彼だが、外回りで知り合った男の誘いもあり、わりと本人も積極的に飲むことにした。居酒屋は八王子繁華街のそれであった。

相手の男は優児より四歳ほど年上の、浜松という名のアパート管理会社に勤める青年だった。優児よりランクがひとつ上の司法試験では名門の私大法学部出身、学生時代は応援団長だった男で、やや小柄だが、厳つい顔の声のデカイ兄貴って感じの男だ。就職時にわりとのほほんとしていて、とりあえず教師になったが、その後いろいろあり、今は勤めながら司法書士を目指し勉強中だ。

土曜の夜、会社帰りでスーツ姿の二人は、焼き鳥にビールで、浜松と同じ大学出の極真空手世界王者や映画「アラビアのロレンス」中の台詞、運命は切り開くものの話題で盛り上がった。それでも、やはり優児は今後が不安で、それも正直に語った。コネがあっても決まった訳ではない。浜松は人間何やっても生きていけるものと励ましてくれた。さらにいざとなったら、大学の就職課にも行け、まだ使える年だとの助言もした。さらに話が進むうち、優児は中学時代の事件も語り、法律制度へのやるせなさを述べた。浜松は時効ゆえ法的にはどうにもならぬが、いつか何か書いてみたらと助言した。

その言葉に、優児はやはり一流大卒の言うことは違うと感心した。が、それだけだった。でも、楽しい晩ではあった。

翌週、秋晴れの夕方、白壁の会議室で机を挟み、優児は近藤と座って向かい合った。

「無茶な労働条件に、気に入らなきゃ殴る。暴力団みたいだ。好きで入った訳でないし次の話もある。辞めます」と辞表を机上に置き、優児はあっさりと言った。

「何がヤクザだあ、みんな紳士じゃねえか、このバカヤロー」と近藤が怒鳴る。

「はい、すいません。言い間違えました」と冷静に優児は言葉を返す。心の中で、紳士がその言葉使いかよ、スーツ着た準ヤー公め、あしらお、もう怒鳴られ慣れたぜ、と呟きながら。

近藤は怒鳴る時こそ目を剥いたが、すぐ冷静になり、優児の辞表を受け取った。色黒で目つきの悪い、中肉中背で過去の過労のため胃が半分ない支店長、齢四十五も慰留はしなかった。暴力団と言われ怒ったこともあるが、そこまで言う奴は留められぬと思っていた。

十月下旬、優児は退職し、その翌日、父の元いた会社と幼馴染みが今勤める会社の面接を受け、ふたつ共受かった。そして結局、父のコネがあるほうを選んだ。できれば事務職との希望が通ったからだった。やはりまずSEはと言われたが、切り抜けた。

電機商社もサッシメーカーも、俺の大学の成績優20良23可8を偉く誉めてくれた。驚いたぜ、半年で転職の俺があんな大メーカーも受かるとは。まあここ二年の景気の悪さと証券のひどさは皆知っていたんだな。助かった。でも川村さんには迷惑かけた。あとで菓子折持って謝りに行かにゃ。その他、世話になった人にもお礼しなきゃねと思いながら、優児はワンルームマンションの一室で段ボール箱を整理している。それも数個しかない。白壁で床は紅のカーペット敷き、一応鉄筋コンクリート造り、四階建ての四階、六畳一間、バス・トイレ・シャワーつき。古くはないが、新しくもない。

「さ、やり直しだ。普通の暮らしをしよう。ボーナスが年収の60パーセントなんて、あんなところのことは忘れよう。しかし、東京は不公平な街だ。外回りしてて分かったが、金持ちは皆生まれつき地主の子だったのばかりで、自ら稼いだ人なんて当たらなかった」と独りごつ優児だった。

北と南の違いこそあれ、彼は学生時代を過ごした街に戻ったのだった。これから当時と同じ駅から職場に通うこととなる。前のアパートは駅の北にある。

この数日後、二村も合流。慰留されたが、振り切った。しばらくして簿記二級を取るや、会計事務所で働きだした。優児は十一月から働き始めていた。


東京山手線最南端の駅と連結して造られたニューシティ。二十階建てのビルが三棟立ち並ぶ。そのうちの最も南にあるビルの十四階から二十階までが、優児が勤務するN電工のオフィスだ。自社の持ちものではなく、借りものだ。まだ新築ほやほやとあって、白壁のオフィスビルは清潔感で一杯。女子社員らは淡いグレーを基調とした格子柄のベストとスカートの制服姿、男達はスーツにネクタイ、こんなありきたりの装いで、それなりに働いている。優児はその中の購買部に勤務している。十五階の北西の位置に彼の机はある。

商社と言っても、大きい電機屋だな。大メーカー東電通の電話交換機やコンピューターやワープロを企業に売って、その後メンテナンス。まあ、これらは個人向けじゃないから、この手の会社がいる訳だ。もう九ヶ月目だ。営業マンの持ってくる書類どおりに、コンピューターにデータを入れ、その後東電通と繋がっているコンピューターから発注したり、自社のプリンターから出した書類を営業に渡したり、子会社にファックスで発注したり、その後原価管理。ま、普通に生きられるんだ。もう組合員だし、したたかにやってきゃいい。仕事のほうは課長からできると言われている。でも、ここんとこ子会社からの請求書と出力されたデータが合わねえんで、経理の行かず後家ババアからギャーギャー言われてる。そりゃ、四、五月と必要ねえ新入社員研修に付き合わされて時間がなかったんだ、へマもすらあ。でも、最近コツが分かってきたし、もうＯＫだろ。

それ以外にも間の悪いこともあった。たしかに給湯室の水道管を曲げようとはした。でもありゃ俺の前にやってたのがいて、蛇口の位置が下がってたから、そういうもんと思ってやろうとしたんだよ。第一俺はそんな力ねえよ。営業にゃごっついのいるけど、それを女性社員に見られただけだ。俺じゃねえ、勘違いだよ。

そんなこんなでたしかに今は立場が悪い。仕方ねえ、社員旅行、付き合うしかねえや。プライベートの休日なのにさ。もう今年の三月に定年で社を去ったけど、あの部長は会社って言う奴だった。でも、もう会社人間は見当たらねえ。そんな時代だ。社員旅行なんていらねえや。皆本音じゃ嫌なのに。しかし、データと請求書、今度は合うんだろうな。毎日夜十時くらいまでやってたんだしな。きつくない仕事はないってのは本当だな。無駄口叩かず真面目にやっててんのに、これじゃ人間関係に悪いと言って、あんな研修にやりやがって、別に友達いなくたってちゃんと仕事してんじゃん。それで数字が狂ったんだよ。あの馬鹿チビ課長め。おおっと貨物用のエレベーターが来た。さあ仕事だぜ。

こう心中でぼやく優児の前にはカートがあり、その上にはフロッピーディスクやインクリボンの箱が複数載っている。優児はネクタイに半袖の白いワイシャツ姿だった。空調が利くオフィス内は快適だった。

社員旅行は、間接部門と呼ばれる、総務、経理、人事等と合同で行われ、総勢八十人くらいが参加した。わりと立派な海辺のホテルが宿舎だった。

宴会も終わり、割り当てられた部屋で寝る頃となり、優児は白と青の縦縞の浴衣でさっさと白いシーツの布団に包まっていた。

そうしたら、彼をよく思わない同じ部の男と経理の男が、こう言ってきた。

「このヤロー俺達をなんだと思ってやがるんだ」と同部の門田が低い声で言う。中肉中背チリチリパーマ頭の男だ。出目金で近眼、コンタクトレンズ使用である。

「そうだよ、新入りなのに社員旅行なんか行かないと最初言いやがって」と経理の山下がちょいと高目の声で言う。眼鏡をかけたデブ男だ。優児は心の奥でこいつをコシヌケブタと呼び、軽蔑していた。

寝たふりしながら、優児は心の内で叫ぶ。やる気か、コシヌケ共。

「でも、こいつ拳法とか使うんだろ。怖いよ」

「俺もだ、怖い」

山下、門田と続けて情けない声を出した。

優児はこの部屋に入る前、準備運動として、回し蹴り、後ろ回し蹴りと連続技をやっており、それを弱い男共は見ていた訳だ。

やった、と優児は心中で叫んだ。いよいよこの手の輩を複数でも追っ払うのに成功した。ビビらせれば、相手は何もできない。こうなりたかったのだ。

このあと、優児は山下に軽く足を踏まれたが、無視した。それ以上、相手は何もできなかったからだ。ほかにまだ数人いても。

全く内勤の事務屋ヤローは腰抜けだ。特に山下のクソブタは男なのに、化粧品がどうのなんて言ってやがる。普段がこんなんだから、テメエらとは口も利かねえのさ。こいつらじゃ手も出せねえし、万一やってきてもブロックし損ねることもねえ。あまりに無駄を省きすぎ、外部からの電話に「お世話様です」も言うのをやめたのは、俺が悪かった。なら、普段でも一人で注意してよ。会議でみんなでなきゃ言えねえなんて、情けねえんだよ。先パーイ。もっとも俺もそのうちの一匹か、ちと情けねえ。ま、その分楽だわなと、寝たふり無言で毒づく優児であった。

翌朝、帰る際、優児は電車を使うか、会社の用意したバスを使うか迷い、直前でバスに変更した。電車賃をけちったのだ。

そうしたら、経理の二年目、経理のベテラン女性、河辺の腰巾着、肌の汚いオカッパ頭の醜女金田に「何してんのよ、馬鹿」と言われ、むかっとしたが、金田が山下に昨晩優児が空手の型をやったと聞かされ、「危な〜い」と驚愕の声を上げたので、何も言い返さなかった。

俺が旅行不参加と言った時、新入りはなんやかや、やることがあると噛みついたのは、このブスだった。ま、いいか、女の言うこった。今はそれどころじゃねえ、気になることがあるんだよ。土曜は新幹線で帰郷だ。ここは新入社員を半年は研修するんだよな。少しは美人が来ないかな。あんなブスとは違う。くだらんところだ、営業に行きゃよかったかな。羹《あつもの》に懲りて膾《なます》を吹くかなと思い、バスに揺られる優児だった。

週末、優児は故郷のターミナル駅に降り立った。淡いブルーの半袖のポロシャツにカーキ色のズボンなる出でたちだった。雪村が迎えにきた。彼は半袖の白いTシャツ、色褪せたジーンズを身に着けていた。

大学時代の再会以来、優児は時折雪村と電話連絡を取るようになっていた。愚痴りたくなる時もあるからだ。駅ビル内の喫茶店で二人は夕食を済ませ、その後、北へと伸びる大通りを並んで歩きだした。夏とはいえ、早陽はとっぷりと暮れ、闇が覆っている。林立するビルのネオンや車のヘッドライトが光を放っている。無風だが、さして暑くはない。

「ここから歩いても家まで二時間かからん。いろいろ話しながら行こ、昔みたいに」

雪村は優児の提言に「おう」とだけ答えた。彼の左手には優児からもらった、デパートの袋に入っている菓子折がぶら下がる。

「去年の暮れから、よく菓子折買うよ。迷惑かけた詫びやら、世話んなった礼とか。でも、雪ちゃんよ、お袋さん残念だったな」

「ああ」とやや哀しげに雪村が言う。

「で、聞きたいんだ。なんかお袋さん、六年以上寝たきりだったって、前元気って言ってたよな。それと以前もあったけど、お前文なしだよな。晩飯は奢りだからいいが、なんで金がない。おかしいよな」ときつめの声で優児が迫る。

「それはさあ……」雪村は早、しどろもどろだ。

「お前、運転免許取ったの。俺も持ってるぜ、見せろよ」と、優児が免許証を見せてさらに迫る。うなだれ、無言の雪村。

「どのくらい働いてねえ」と訊く優児。

「もう結構長いよ」雪村は力なく答える。

「お前、中学出てからどんくらい仕事してた」

「全部でふた月くらい」

「呆れたぜ、皆続かねえな」

「ああ」

「免許ねえな。第一、教習所行ったか」

「行ったけど途中で」

「嘘ついてもばれんだよ」

「ああ」

「ったく、成長したと思ってたのに、全部まやかしかよ。ま、俺も裏切ったところもあったし、夢破れて、お互いしょぼくれ者で愚痴り合ってっから、偉そうに言えんわなあ。お袋さん脳梗塞だったたって。六年か。てことは、雪ちゃんの精神のほうが治ってからすぐか」

「そうだよ」

「やっぱ、あの矢崎の件が大本か」

「そりゃ、そうさ」

「ありゃ、ひどすぎた。気も変になっちまうよな。お袋さんもストレスで大変だったんだろうなあ」

「違いないよ」

その後、二人共無言となった。最早言葉もない状況だった。

さして規模の大きくない地方都市ゆえ、駅前の大通りからして、人通りは少ないのだが、それが絶無に近くなる頃、二人は雪村の家にかなり近づいていた。その時、優児が沈黙を破った。

「なあ、これからどうする。前にも言ったが俺も眼病で先のねえ身、いっそ復讐でもすっか。付き合うぜ。もう裏切らねえよ」

「おお、やろうぜ林君」

「その気なら、ヤクザからピストルでも買うか、俺のほうもやっちまいたい奴はいんのさ。でも金かかるし、一応うちはババアまだ生きてっしな。ジジイはいいが、お袋死んでからじゃねえとな」

「あの柔道部の奴か」

「まあな。とにかく時間はかかる。相当先になる。資金がいるから、働いて金貯めにゃあな。お前も働けよ。でなきゃ復讐なんてできっこねえ。怠けたまんまじゃ、何もできん」

「おお、やるよ」と雪村の声にも力が入ってきていた。

「今日はここまでだ。また盆にゃ会おうや。いろいろ今後詰めにゃな。奴らめ、地獄へ道連れだ」と優児の声にも怒りの力が籠る。

その後、雪村と別れた優児は独り歩いて、今日の宿たる実家を目指した。

盆に帰郷した優児は雪村と会った。雪村は職安に行き、じき働きだすとのこと。よし、この調子と二人で言い合った。

八月にもなると、優児はすっかり仕事にも慣れ、原価管理の数字にも狂いはなしとなった。そして、毎月の数字合わせ用のプリントを証拠として保管し、にっくき経理の河辺対策用とした。

経理の河辺はショートヘア、しょぼくれた垂れ目で痩せぎすの初老の女だ。優児は証券時代、社の命令で日商簿記三級を取らされていた。五日間、十数時間の勉強で楽勝だった。

河辺は優児レベルの簿記の知識もない。ただ出力したデータが請求書等と合わないとギャーギャー文句を言う。この手の数字管理は社内全部署が絡むので、河辺は社内の鼻つまみである。皆裏でクソババアと言っている。きちんと処理しているのに、因縁をつけるかのような質問を河辺にされた優児は、証拠を持って二十階の経理へ直行。河辺のミスだったので、逆に謝らせ、腰巾着の金田ごと睨みつけた。今回はごめんで済ませてやるが、このブス馬鹿コンビ、ドタマクソ悪いんだ、必ずやり返せる時がくる。そん時はクソミソにやってやる。経理のくせに貸し方借り方も分かんねえで、威張るなと怒りを心中で燃やした。

優児の仕事が順調な十月下旬、龍男が死んだ。肺炎だった。ちょうど土曜だったので、優児は自室で電話口を通し、直子よりその旨の報告を受けた。

「せいせいしたぜ、やっとくたばった。でも、それがなんだ、俺にゃ関係ねえ」と優児は毒づいた。

「頼むわ。お父さん、あんな体で葬式の準備で倒れそうなのよ。手伝いに帰ってきて、お願いよ」と直子は泣きつくかにして嘆願した。

転職時の負い目と母の嘆願のため、優児は帰郷した。ただ通夜は誘われたが出ず、葬式の手伝いのみと意を決めていた。

日曜の夜、優児は紺のスーツで実家に着いた。犬は預けられており、いない。居間にはもう火燵があり、優児はそこに足を突っ込んでいた。そうしたら、直子が喪服姿で戻ってきた。克男は葬儀場に今晩泊まりということになっていた。

「手伝うだけだぞ」と優児が言う。

「通夜も出ないで、家のことだから仕方ないでしょ。あんたは林家の跡取りなのよ」と直子は優児の向かいに座り言う。次の瞬間、優児は目を剥き、怒鳴った。

「このクソババア、俺はこんなドクサレ家の跡取りじゃねえ、絶し役だ。てめえ、この林家はな、網膜剥離の血なんだ。普通なら大丈夫な衝撃でも、病変を起こしちまうんだ。おらあ、そのせいで学生時代病院通いになった、経過観察でな。極真空手も駄目。何やっても病気になる時はなるんだとよ。なっちまったら手術しかねえ、これじゃ途上国赴任のあるメーカー勤務どこじゃねえ。行きたい会社も受けらんなかった。どれほど暗い学生時代だったか。こんな思い、子にさせられっかよお、普通ならできることができねえ、下手すりゃ目え潰れんだぞ。てめえ、なんであんな弱い出目金チビ選びやがった、見りゃ分かるだろ、あんなへなちょこ」

「お前の言葉は胸を切り裂く。あの人、勤め先だけよかったのよ」

直子はうなだれ、切なげに言う。

「あんな結婚詐欺ヤロー、なんで別れなかった。そうすりゃ俺はいねえ。てめえに、努力が全てドブに流れ、掴みかけた希望が砂のように手から擦り抜ける切なさが分かるか。おらあ独りで死ぬしかねえ。いいか、人並に孫の顔見れるなんざ思うなあー」

「昔は世間が出戻りと白い目で見るんで、別れられなかったのよお」と直子が再び切なく言う。

「俺は生まれんじゃなかった。何もいいこたあねえ。ええババア苦しみやがれ、俺の苦しみはそんなもんじゃねえ。この時を待っていた。親の金がかりでなくなる時をなあ。思い知れ、俺の恨みを。よくもこんな体にしやがったなあ」

息子の怒りの前に、直子は為す術もなかった。

翌日は秋晴れの快晴。優児は紺のスーツでしぶしぶ母と葬式に向かった。式場には従姉妹の鹿野麻紀子とその義母善子も来ていた。さらに克男の母方の親類、白根という中年男がいた。出席者は計六人、優児以外は皆喪服であった。

白木の棺桶の中に、白髪混じりでやや長いオールバック、痩けた頬、忌わしい顔を久々に見て優児は、もっと早くくたばりゃよかったのによと無言で毒づく。もう目は開かぬ。

克男の親類白根は短髪で小太り、田舎臭い馬鹿面下げて、田夫野人《でんぷやじん》そのものだ。僧侶が経を読み終えたあとで、「なんだあのクソ坊主」と言いながら、チンチンと鐘を叩く始末。

ゴミクズヤローの葬式にはちょうどいい奴だと、優児は白根を軽蔑した。だが、それどころではなく、怒りが込み上げていた。

母が言うことと異なり、やることはなし。克男は昨晩白根と酒を飲んでいたらしく、朝から上機嫌でピンピンしている。

結局、紫色の染みのついた黄白色の骨を拾わされただけだった。その際、「なんで俺がこんなことやらされんだよお」と叫び、克男を睨む優児であった。その相手はしれっとした顔でいた。

葬儀後、優児は母と鹿野家の二人と共に、入院中でもう死を待つばかりの福を見舞った。その帰り、駅へ向かう前、優児は病院の人気のないところへ母を連れていき、大きさは抑えたが怒りを込めて言い放った。

「ババア、てめえどこに目えつけてやがる。あのクソジジイ、ピンピンしてやがるわ、やることたあねえわで、おお、いい面の皮じゃねえか」

「本当にあの人、倒れそうに見えたのよ」と直子は息子の鋭い眼光にたじろぎながら、弱々しい声を弱々しい表情の中の口から発する。

「電車賃」とだけ言い、優児は一万円札を二枚直子からもらい、「ドグサレ夫婦、今に見てやがれ」と捨て台詞を残し、去った。

へへへっ、あーの馬鹿母子、まんまと俺様の演技に引っかかりやがった。あのクソガキに骨拾わせてやったぜ。ザマー見やがれ。クソ兄貴もやっとおっちんでくれて、これで清々したぜ。ま、あの母子よりゃましだったがよおと心の中で高笑いをしながら、陰険に笑みを浮かべる克男であった。

武蔵野の台地は闇に包まれていた。会社から戻ったばかりの優児は自室で寛いでいた。といっても、まだスーツ姿で自分のテリトリー内に腰を下ろしているだけだが。部屋の南側ベランダのほうは二村のテリトリーで、サッシ戸の前には薄い灰色のカーテンがかかっている。サッシ戸のガラスは金網入りだ。今、そこには二村がいる。彼もまだスーツ姿だ。

「生きてくのは大変だ。今は九時六時が平均だけど、株屋よりゃ楽でも、仕事はきついぜ、それなりに」と優児が言う。

「仕方ないよ。資本金九十八億、従業員千五百、二部上場、週休二日でいい身分じゃない。こっちは隔週だぜ」と二村も言う。

「二部上場でも、うちは上場じゃ四流以下の企業だ。うちじゃ日大がいい方さ。四流以下の大学はひどいレベルだ。政治経済の話はまるでできん。通貨の流通速度なんて言や、逃げる奴ばかりさ」

「フリードマンですか、先生」

「そう、偏差値教育はいいシステムだ。きちんと有能無能を分けている。限られた時間でよりよい結果を出す者は、やっぱやる気が違うから知的で体も強いし。それをあの法学部もちっと学生の将来考えろよなあ」

「就職いいからと聞いてたんで期待してたのに、あの債権の教授め、あれで就職活動が遅れんだよ。就職といっても株屋じゃ仕方ない。でも、聞いた、あのあとT証券、新人を少しは大事にしだしたらしいぜ。あんまり辞めるんで、自社株も買わされずに済んだのも多かったとか。課長が結構、仕事手伝うようになったらしいぜ」

「で、あの松戸支店の北野も残ったんだなあ。研修で同室で、専大の文学部出だ。わりと大男でいい奴だ。あいつも辞めると言ったけど、留められたと言ってた。今はいい転職もできんだから、株屋だけは逃げたがいい」

「そう、証券は辞めても悔いは残んないねえ。しかし、林もよくやるよ。部の飲み会の幹事押しつけられて、わざと料理の内容ひどいところにしたって」

「最低限はしたぜ。これで二度と俺にはやらせまい。無駄口叩かず人一倍やってんだ。仕事以外で評価する日本の会社が悪いのさ。ま、俺も遺伝病持ち、先のない身だ。だから、やけくそで好きにやってんのよ」

「血友病の人でも子を欲しがるって言うし、そんなひどい会社でもないのに、結婚してもいいんじゃないの」

「人は人。俺はできん。世間は苛めと差別が大好きさ。こんな世の中、もう法にゃ従わんよ。ずいぶん先だろうが、最後はやってやる。復讐だ」

「法科出身だろ。まあ世の人は法律なんて知らんよなあ。不法行為とかね。俺もアウトローは嫌いじゃない。応援するぜ」

「ありがとよ、そっちも税関係の勉強頑張ってくれよ。こんななっちゃ駄目だぜ。早くテレビもない暮らしから抜け出さにゃ」

「一応、六大学出身だしね」

「俺と違って君の将来は明るいよ。頭いいもの。四流五流大、専学とは大違いさ」

その後も二人の知的な会話は続いた。

翌春、優児は二村と離れ、埼玉県の鋳物の市へと移った。二階建てアパートの一階、六畳一間、シャワー・バス・トイレ・エアコンつき、ロフトもあり、板貼りの床の上には青い布が貼られている。家賃は月五万二千円。住み慣れた多摩地区にいたかったが、家賃が高く、シャワー・エアコンつきだと、埼玉に移らざるを得なかった。全く日本の会社の賃金体系はおかしい。仕事の腕が上がると、もらいは下がる。残業が少ないためだ。同部員らが月六十時間やる年度末も、俺なら十五時間だ。仕事量は同じでもと心中でぼやきつつ、新生活を始めた。相変わらず、テレビと洗濯機はなかった。新たな町は住宅と小さい工場が混在していた。

こんな日々の中、優児は女を知った。ソープランドでであった。感想は、あ、こんなもんか、だった。それでも、金がありゃ時にゃ行こう、フェラチオされるのはいいや。性病予防のためちゃんと付けるところでと思っていた。

この五月の連休に帰郷した優児は雪村と会った。場所は二人が卒業した小学校のグラウンドだった。ここと砂防林の間の砂利道で、二人はちょっとした実験をしてみた。

互いに受け手攻め手となり、受け手が前に出す両の掌にパンチやキックを打ち込む。今二人がどれほど闘えるかの試みだ。

青空の下、二人の背後の松は緑。その下の若草も緑、優児は白いジャンパーにカーキ色のズボン、雪村はジャンパー、ズボン共に淡いグレーの出でたちだ。まずは雪村が攻めたが、フットワークも使った優児の防御は固く、一発のパンチも入れられなかった。蹴りは出せなかった。次に優児が攻めた。優児は後ろ回し蹴りを当てようとはせぬが、牽制に使い、雪村が怯んだ瞬間、右のストレートパンチを相手の左手に入れた。パアンと音がした。

素人の攻撃はまずカットできるなと優児は心中で言った。その後、雪村にお互い体を鍛えて、しっかり稼ごうと提言をした。雪村はアルバイトを間々してはいるらしいが、定職に就いていない。その点、また説教の優児だった。

それから半月後、優児は同じ出でたちに鶯色のゴム長を履き、草色のリュックを背負い、銀山湖北の岐川の流れ込み、銀山平に来ていた。優児は復讐の前になんとしても、五十センチ超の鮭鱒属を一匹釣りたいと思っている。ルアー釣りは唯一の趣味である。十歳の時からルアーで大物をが望みだ。それも格好いい道具で。黒いスピニングリールを固定するシルバーのリングシートつきのコルクのグリップ、その先には草色の細いロッド本体が伸びる。リールは一万円、竿は二万円、道具の夢は叶えた。今、それらは左手にある。だが、鱒も岩魚も釣れなかった。昨年同時季、同じポイントで優児は三十一センチの岩魚を仕留めた。流線型の体、黒い背、紫の胴には白やオレンジ色の斑点が浮かんでいた。天然の岩魚はきれいだと思った。今度は大物をと挑んだのだが。

青い空の中、早陽は高い。山の木々は新緑を芽吹く。遠くの山はまだ雪を残し、青と白のコントラストが鮮やかだ。眼前には透明な流れが人造湖へと走っている。二百メートルも行けば湖となる。

石だらけの河原を優児は走り出した。左手にはリールつきの竿と紺色のルアーを入れる箱を、右手には透明なプラスチック製ロッドケースを持ったままでだ。浅い川を向こう岸へと突っきる気だ。昔夏場にここで同じことをしていた。今回は一匹も釣れなかったので、何か湖も川も水が憎ったらしく、踏んづけてやりたい。が、雪解の水流は強く速く、三歩目で足を取られ、流された。冷たい水が口へ入る。青い山肌と残雪が遠くに見える。死ぬかなと思ったが、流されつつもがき、対岸の蛇籠が目の前というところまで来た。右手のロッドケースはもう流れていったが、左手の高価なタックルは放しはしない。右手と左手を蛇籠に引っかけ川から這い上がろうとしたが、水流に負けまた流される。次の瞬間、優児は岸から伸びる木の枝に釣竿を引っかけ、もう一回蛇籠を掴み這い上がろうとする。水圧が胴にかかるが、振りきった。やっとの思いで川から逃れた。

ロッドケースはなくしたが、ロッドとリール、タックルボックスは無事だ。でも、その中のルアーは数個流された。リュックのおかげで浮いたのかな。死ぬなんてオーバーだった。流されてしばらく行けば湖の浅瀬だ。にしても、水圧のすげえこと、雪代期は膝より上は入れねえ。あー冷てえ、おらあ馬鹿だ。無言で己を罵倒の優児であった。

盆に帰郷した優児は雪村とまた会った。雪村は定職に就いておらず、また説教だった。優児の仕事は順調だ。もう周りは彼の敵ではない。復讐に燃ゆる彼は仕事中にも殺気めいた気を放ち、周囲から恐れられていた。仕事は速く正確。政治経済も詳しく、たまにそんな話をすれば周りはついてこられず、頭の差を思い知る。普段は無口で真剣。仕事で社内に購入したＯＡ機器の備品を配る際、彼はカートを使うのだが、当然エレベーターも使う。それを待つ間、突きや蹴りのシャドウをする。人が見ていようが、気にはしない。素人目に優児の動きは脅威たる速度だ。東電通の紹介で米国より白人男性が研修でこの社に来た際、優児はブロークンでも一応英語で会話もこなした。怖いうえに頭も体も優れている。このうえもなくかわいげはないが、圧倒される周囲だった。

克男は息子から社での様子を聞いていた。そして、それに対し苦り切っている。これじゃ故郷に帰ってきそうもない。もう年も二十五、ここらでＵターン就職させ、早く孫の顔を見たい。そこで一計を案じた。

優児は残業代が減って生活がかつかつと直子に言っていた。ちょうどいい。林家の菩提寺は近々再開発のため移転する。墓も当然移転となる。ところが、もうぼろぼろで動かせぬ。墓を建て替えるしかない。これをあやつに負担させ、経済的に追い詰めてやろう。さらに偶然回ってきた建設会社の営業の話に乗り、即日百七十万円の外壁工事の契約をした。この保証人を息子にし、自らは支払いを止め、経済的に破綻させよう。そしてここに引き摺り込んでやる。これで終わりだ。ただ、いきなりはまずい。奴は借金が大嫌いだ。保証人なぞと言ったら必ず引く。まずは先祖の墓のことだからと言い、金を出させ、その後なし崩し的にだ。まあ、墓のことは前から言っといたがな。じきボーナスが出る頃、さあ、やるぞ、ひひっ。

「おお、優児か、お父さんだよ」と嫌らしい笑い声で電話する克男。

それに対し、優児は素っ気なく答える。

「ボーナスが出ようと、墓に回す分は一円もない。知るか、そんなもん」

「お前、少しは家のこと考えてくれや」と克男は今度はやや困惑気味に言う。

「あんなおめえのクソ兄貴が眠るクソ墓に金出しゃピエロじゃねえか、断る」

「お前のおじさんじゃないか」そうピエロになんのがてめえの似合いなんだと思いつつ、克男は言う。

「ざけんなよ、あんなのは親類どころか、人間扱いしねえ、奴には墓はいらねえ。いいか、こんなくだらねえ電話、二度としてくんな」

アパートゆえ大きさは抑えたが、怒りを込めた声を放ち、優児はガッチャーンと受話器を置いた。

あのヤロー、取りつく島もない。駄目だ、打つ手なしだ。金どうしよう、墓はもう頼んじまったし、工事もじき始まんだよ、必要なかったんだけど。途方に暮れる克男だった。

「よし、いいぞ。奴はいい人だ。いい人は無能だ。無能はシカトしなきゃ自分が損する。世間はそうしてるんだ。能なしを冷たくあしらうことは、口には出さぬが事実勧められているんだ。冷たくなくば生きられん」と優児は独り言で自賛した。そして、こう思った、今年の正月は帰郷しないほうがいいなと。

これから一週間ほどあと、優児は社の自部署、総務、経理、人事等間接部門の忘年会に出席していた。場所はちょっとした料亭だった。畳敷きの広間の隅の座布団で胡坐をかいていたら、経理の河辺が金田を引き連れてきて、隣に座った。

金田の奴、まじだ。この前うちの部の奴に、クリスマスは俺と一緒かなんて言われて、ヤダーとか笑いくさって。でも、その後、来やしねえから冗談かと思ってた。寄ってきたら怒らせ手え出させ、正当防衛で顔面に右の正拳をぶち込む予定だった。周りに人がいるところで来やがった。まあ眼《ガン》飛ばしてたからな。しゃあねえ、ここはシカトだ。なんだ、金田、赤と白のチェックのジャケットにスカート、センスも悪い。河辺、このクソババア白いセーターかよ、白い浴衣でも着て、はよあの世へ行きやがれ。仏頂面の優児は心中で毒づく。

宴が始まった。河辺と金田は優児に酒を勧めたが、彼はひと言も口を利かず、不機嫌な顔でただ飯を食うのみ。

「もう二十五でしょ、嫁さんもらったら」と河辺が優児に言う。そして、さらに続ける、「金ちゃんいい子よ」と。

「サンペイと」だけ金田が言う。満面に笑みを浮かべている。

なんで俺がこんなバカブスと。立ち居振る舞いで分かる。こいつはドアホウだ。何がサンペイだ。俺は林家三平じゃねえ。お笑い芸人なんざ皆大っ嫌いだ。部の奴らにゃ一応年長なんで言わせてやってんだが、てめえにゃ言われたかねえんだよ。心中で叫ぶ優児は目を吊り上げ、右のこめかみをぴくつかせる。そして、箸で茶碗蒸しを食う。

「スプーン使えば」と河辺が言う。

「俺がどう食おうが俺の勝手だろうがあ」と優児は怒声を放つ。

「怖い」とだけ金田は言い、うなだれた。しょぼくれた目の二人の醜女は去っていった。宴の間、一滴の酒も飲まぬ優児だった。

御開きとなるや、優児はその場をさっと離れ、トイレへ直行した。彼は職場の者共を全て見下していて、付き合おうとはしない。そりゃ忘年会くらいは仕方ないが、二次会なぞ真っ平だ。

洋式の個室で用を足していたら、ロックされたドアをどんどんと叩く音がした。優児は無視をした。そしたら、金田のがらがら声が聞こえた。

「なんで鍵かかってんのよ」

アホめ、人が入ってるからに決まってっだろと心で言う優児に、ある考えが浮かんだ。用を済ませるや優児はドアを蹴飛ばし、外へ出た。金田は驚きの表情だった。手水場で手を洗いながら優児は金田を睨み続ける。手洗いを終え、優児は金田に歩み寄りだす。よし、ここだ。クソミソに怒鳴ってやるぜ。行くー……ぜと怒鳴ろうとした時、優児はハッとした。まだ奥に社の連中がいやがる。こりゃまずい。次を狙おうと思い、睨みながら前進する。金田は怯えながらあとずさりする。声も出ない。優児は金田の脇を擦り抜け去った。

チッキショー、ドアでぶっ飛ばせんかった。ひでえ女だ。ありゃ人前に出せん。俺が仕事できて学歴高いんで、色目使ったな。体がまともなら、もっとましな会社行けて、あんなのじゃなくましな女を……。とにかく口直しだ。こんなまずい飯食ったことねえ。ホテルの喫茶コーナーでスイーツでも。心でぼやく優児に、冷たい夜風が吹きつけていた。

その数日後、同ビル内で労働組合の集会があった。その際、優児は金田と同期で大嫌いな人事の女を見かけ、眼を飛ばし、同じ列の椅子に腰かけた。そうしたら、そこに金田が総務の同期の女とやって来て、三人並んで座ることとなった。

おーお、間接部門オカッパ三ブス揃い踏み。今日は土気のセーターかよ金田、ほかもくすんだ格好にくすんだ面。ちょうどいい、去年の社員旅行の時、三匹共言ってくれたじゃねえか。そのお返しに帰る時擦れ違いざまに脛に蹴りを、脇腹に肘を叩き込んでやると思いつつ、優児は集会中も三人の女に眼を飛ばしていた。

集会が終わった。よしと優児が思ったところ、三人はそそくさと並んで出口へ急ぎ、その場を去った。優児の殺気に気づいた訳だ。チッキショー逃げられた。逃げる際、ちと笑みを浮かべくさって、もっとびびらせ血達磨にしてやりてえ。ま、いいか。これでもう舐めた真似もすまいと思いつつ、「チッ」と思わず舌打ちの優児であった。

正月前に優児は帰郷せぬ旨を直子に電話で告げた。克男はもう二度と帰ってくんなとか受話器の向こうで言ってはみたが、本当にそうされたら困ってしまう。優児は夏冬のボーナス時に各五万円を実家にくれていた。それらまでなくされ、完全に縁を切られたら、堪らない。墓や外壁の金は退職金の幾許かの残りを使ってでも、いざとなれば返すしかない。ゆえにもう金を出せと言わぬので帰ってきてと、自ら電話し泣きついたが、優児は固辞した。しかし、結局帰ることとした。直子は息子の性格を熟知しており、今は姓も変わった元鹿野家の従姉妹達の子供らへのお年玉はどうすると持ちかけたのだった。息子の義理堅さを突いたのだ。

帰宅したのは夜だった。毎度のことだが、優児が帰ったその晩だけは、マルチーズのパピーがまとわって離れない。二階の部屋についてきて、その晩だけは一緒の布団で寝るのが常であった。

その翌晩、パピーは直子と一緒に早眠りに就き、克男は独り居間にいた。背が茶色の座椅子に腰を下ろし、火燵に両足を入れていた。茶色いカーディガンを羽織っていた。テレビはついておらず、しんとしていた。ガスヒーターのスイッチはオンだが、温度が上がると自動で止まるものゆえ今は静かだ。

そこに優児が入ってきた。白いワイシャツの上に直子が編んだ、襟と肩口に白と黄土色のストライプが入った青いセーターを重ね、黒いズボンをはき、裸足であった。よし、時はきた。経済的独立は完全、次の引越しの際アパートの保証人も、大学時代の同期に数万円出してなんとかできる。積年の恨み今こそと、目の据わった顔の中の口を開いた、克男の右側に立って。

「おい、孫の顔見たいって言ってるって。知ってんだろ、この血筋は下手すりゃ目え潰れる病気持ちだって。俺にも出たよ。普通の人なら平気な振動や衝撃で網膜剥離になっちまう。極真空手も何も激しい運動は全て駄目。病気になる時は衝撃とかなくてもなっちまうってよ。これじゃあよ、医療の遅れてる外国へ赴任する仕事に就けねえ、なりゃ即手術だ。目の奥の簡単なのじゃねえんだ。英語だって磨きゃ光るのに。分かるかよう、この切なさが。普通の人ならできることが、てめえの腐れＤＮＡのためにできねえ悔しさが。なんだこの腰抜け、お袋から聞いたぜ。あのクソ兄貴に死んじまえ言うたら、逆切れされて引いたってなあ。あんなの蹴りの牽制で追っ払ったぜ。おめえ男じゃねえ、ガキの頃からひでえざま見せくさって、てめえにゃ髪の毛一本似たかねえんだ。こんな一生カスヤローの奴隷で全部要求飲んだタマナシヤローに似たくねえ一心でやったのに、またてめえのせいでパーになった。遺伝病にゃ為す術ねえ、目は鍛えらんねえ。強い一角の男になる希望どころか、ましな就職も結婚も望めなくなった暗い学生生活のつらさが分かるか。経過観察で医者通いだ。おまけに馬鹿な話でちっといいところ行けそうなのまで邪魔しやがった。ドマヌケめ。こんな何やっても駄目なてめえにゃ、父親の資格はねえ。二度と自分でお父さんなんて言うな。こんな思いは子孫にさせらんねえ。おらあ独りで死ぬしかねえじゃねえか。これじゃあ生まれんじゃなかったぜ、よくも作りやがったな。クソ病人め。おめえは林家林家とよく言いやがるが、そんなの俺が根絶やしにしてやらあ。てめえは終わりだ。学費は慰謝料代わりだ。今の会社に俺はもったいねえ、あんなレベル低い奴ら。全くてめえと付き合うと損ばっかりだ。疫病神共め、くたばれ」

優児は一気に怒声の恨み言の連打を克男に浴びせた。

克男は頭《こうべ》を垂れ、ひと言もない。こんな奴が病気で苦しむのはいい気味だが、自分の駄目さをずけずけ言われ、切なさが込み上げる。だが、何より将来の望みを絶たれ、目の前が真っ暗になっていた。呆け顔になっていた。

このあと、優児は用足しをして、二階へ眠りにいこうとする途中、戸を開け居間の克男をちらと見た。

「お前はそう言うが、できねえんだ。仕方ねえんだ」と克男はうなだれたまま呟いた。

おう、やった、効いたぜ。ザマーミロ、ギャハハと、心中で高笑いの優児。でもポーカーフェイスであった。

長袖の白ワイシャツを肘まで捲り、今日も仕事の優児だ。が、今彼は怒りに燃えている。原因は経理の金田だ。ＯＡ機器の備品を持ち、彼はエレベーターに乗り込んだ。この日は荷物が少ないので、カートが不要で、一般用のそれを利用した。そしたら、そこに金田がただ一人乗っていた。両手の塞がった彼を見た金田は、こう言ってきた。

「何階に行かれます」と、がらがら声で。

このアマー、まだ俺に色目使う気だ。もう正体は分かってんだ。今さらかっこつけても無駄だぜと心で叫び、目を吊り上げ、荷物を左腕だけで抱え、エレベーターのスイッチに右手の人指し指で触れる。睨めつける優児に対し、金田は無言で、ふんふんとでも言いたそうに顔を上下させた。

エレベーターを降りたあとで、あの憎ったらしさぶん殴りてえ、しつこいぜと怒りをなお内で燃やした。

しばしのあと、日曜日の早朝、優児は日光中禅寺湖の岸辺にいた。目的は釣りだ。西岸の禁漁区との境界にある松ケ崎なるポイントでゴム長を履いて、ごろごろとした石の上に足を伸ばし、座り込んでいる。また今日もルアーで鱒を仕留められなかったので、がっくりしている。五月下旬ゆえ、まだ湖岸の木々は新緑に少し早いが、晴天の青を映す湖水は美しい。

ルアーキャスティングで鱒を釣るのは難しいや。でも、こうして大自然の中にいるだけでも俺はいい。しかし、やっぱり釣りたい。

優児の右側の浅瀬に、体長十センチほどの小魚が数匹泳いでいる。中禅寺湖の透明度はわりと高い。あれはワカサギじゃないな。体側に斑点があるから、鱒の稚魚だ。種類はなんだろう。ニジマスかブラウントラウトかホンマスか、それとも岩魚かレイクトラウトか。きれいな湖水に小魚か、なんか気が休まるなと優児が思っていたら、バッシャーンと音がして、水飛沫が上がった。小魚は消えた。

ここは鱒の湖だ。あれは鱒が鱒っ子を襲ったんだ。同種なら共食いだ。待てよ、中禅寺湖は自然産卵も多い。鱒の中には複数年産卵をする種もいる。ということは、自分の子を食う親がいそうだ。美しく見えても自然とは恐ろしい。そう思う優児であった。

それからひと月ほど経ち、毎年恒例の社員旅行でのこと。仕方なく参加した優児はある女に呆れてしまった。ホテルの広間での宴会が終わった時、経理のある若い男が金田にこう言った。

「ねえねえ、あいつに話しかけてみたら？　そんなに言うんなら」

まだ俺に気があるのか、あれだけ拒絶したのに。ひと言も口を利いてないのに、よほど結婚して楽な主婦をやりたいと見える。それしかないのは見え見えだ。しかし、また周りがこんな時に仕掛ける気か、どうすると思う優児だったが、それは杞憂だった。

くすんだグリーンのブラウス姿の金田はその場に座ったまま、うなだれるのみだった。もう近寄ってこれんな。俺は怖いし、第一あいつの仲間のいるところでぶっ飛ばそうとした訳で、同僚の間でも物笑いのタネになる。これ以上、やればやるほど恥の上塗りだ。馬鹿ブス、いい気味だ。にしても、この会社の男共もひでえや、あんなのを俺にけしかけようとは。大卒と言っても五流だが、Ｓｉｌｅｎｔｎｉｇｈｔｈｏｌｙｎｉｇｈｔも訳せぬのがいるし、四、五流大なんて全て潰しゃいいと心の内でぼやく優児は、近頃あいつは俺らと違って言うことなすこと全て大人だと言われている。てめえらがガキなんだよと、そう言う奴共を軽蔑する優児だった。

バブルは弾けたが、その名残はいまだ会社にある。空前の人手不足だったゆえ、ひどい奴らがあちこちにいる。特に女性社員の中には、とんでもないのがいる。優児の部の隣に窓際の課、一応保全部所属があるのだが、ここの課の三人とシステム部の窓際の課の一人、計四人のひでえのなんの。就業時間中でもシステムの女はダベリに来て、時には社内で鬼ごっこという有様。さすがにこの時は、オフィスコンピューター前で仕事をしていた優児と購買部のほかの二人の男が「うるさいぞ」と怒鳴ったが、窓際の課の小太りで眼鏡をかけた初老の長と、同じく小太りで眼鏡の、若年なのにもうオッサン顔した部下の二人の男は何も言わなかった。

ある日の昼休み、昼食から優児が自分のデスクに戻ってきたところ、淡いブルーの衝立の向こうで、女性社員四人がキャーキャーはしゃいでいる。いくら休み時間とはいえ、それでも社会人かと怒った優児は立ち上がり、衝立越しに怒鳴りつけた。

「この馬鹿共、一応会社だぞ、周りに人がいるんだ。休み時間でもマナーくらい守れ、静かにしろー」

「何怒ってんの」とシステム部の二十代半ばで、髪がセミロングの女が不快そうに大きな声で反論する。

「常識もねえのか、この馬鹿、最低限は守れえ」と怒れる目でまた怒鳴り、優児は自分の席へ向かった。着席したところ、再び四人は「休み時間だからいいーじゃん」と言い、よりキャーキャーわざとはしゃぐ。

優児はさらに怒り、じゃあもう一丁と怒鳴ろうとしたところ、彼の上司で、ちと腹だけ中年太りで色黒の佐藤課長がやって来た。

「まあまあ落ち着いて。休み時間でもあいつらひどすぎる。あとで上司に言うよ。殴るなよ。やばいぞ」と佐藤は優児を宥めた。

「ルールなきゃぶっ飛ばしてやりますよー」と眦を上げ、顔を真っ赤にして優児が叫んだ。

「こっわーい」と異口同音に四人は言い、はしゃぐのをやめた。

あんたらと経理の連中も男だろ、隣の衝立のところに十人近くいるんだ、面と向かって言えよと、佐藤らに言いたい優児だった。

このあと、上司らに注意された四人は、さすがに昼休みでもはしゃぐのをやめた。自力で止められず、優児は少し情けなかったが、以前からこの四人は間々注意されていたが効かなかったという事実を知り、さらに社内で擦れ違った際、システムの女が特徴のない顔の中の口からぶつぶつ文句を漏らして、逃げるように優児を避けたのを見、俺のは効いたと溜飲を下げた。

盆の頃、夏休みで里に帰った優児は、またまた雪村に失望させられた。相変わらず働いていない。働く気すら感じられぬ。本当に復讐する気があるのか疑い始めた。

付き合いを深めるうち、優児は雪村の家庭事情に明るくなった。父親が元県庁の運転手で中卒であって、博打好きで借金の形に家や土地を取られそうなこと。母親は高卒で仲居をしていたこと。兄は夜間高卒でトラック運転手たること。親類には板金工や生活保護受給者がいること。父母共勉強しろとは言わず、放任だったこと。雪村を作ったものが分かってきた。

そして、何より痛感したのは、雪村には自我がない、まるで浮き草のように流される人間だということだ。彼は自分の意見を述べたりしないのだ。こんな人間に犯罪への誘いをしていいのか。たしかに自身も中学時代の恨みを晴らしたい思いはあるが、犯罪にまでいかなくても、少なくとも自分のほうはと優児は思う。雪村は選挙に行ったことはないが、運動員から金はもらったことのある男だった。こんなのと命懸けで復讐など、自身の独り善がりではと、ほかに何かいい手はないか、たしかにあの事件はひどかったのだし、と優児は迷いだしていた。

帰郷した時は、一回くらいは浜本と会い、世間話や昔話をする優児だった。浜本は土木工事の下請けを夫婦で営む家で育った。妹が一人いて、彼女も底辺高出身である。彼も雪村同様、選挙権行使すらせぬ男。でも政界の闇将軍のファンだ。倫理も何も、仕事さえくれりゃいいと言う。最近は優児に対し嫉妬をよく見せる。学歴が低い浜本はいい歳になっても女に相手にされず、優児が羨ましいのだ。そんな時優児は、お前努力しなかったじゃないかなどと言い返すのだが、そうするとすぐ浜本は拗ねるのだ。

全く落ちこぼれ共は。底辺高ってところは、まともに採点したらほとんど誰も合格点を取れんので、下駄履かせて出席さえしてりゃ高卒にしてやるんだそうだ。浜本は高卒に値しねえや。俺も変な奴だ。一応有名大出で、あんなのと付き合うなんて。それにしても、何かいい手はと、悩む優児であった。

バブルは弾けても、まだその余熱はあり、ま、そのうち持ち直すさと世間は呑気だった。優児の会社も営業経常共黒字を確保しており、研修にホテルを利用する余裕があった。

社会人四年目の優児は、入社四年目の社員らの研修に参加させられた。そのホテルでのこと。

「ったく、この前、販売推進部のあの男、うちの部で癲癇の発作を起こして引っ繰り返っていい迷惑だったぜ。以前、営業やってて得意先でもやったっていうんだから、外には出せんよなあ。あんなのいらねえよ」と、社内では好青年で通っている若い男が、ちょい蓮っ葉にこんな台詞を吐き捨てた。研修の合間だった。

へえ、こいつ本性はこうなのかと声も出さず表情も変えずだったが、優児はやや驚いた。言った男は髪形もスーツもホテルの会議室同様、小ぎれいで小ざっぱりしている。

まあ世の中こんなもんか。いい歳になろうと差別好きだなあ。俺も小学校の頃は近所の知的障害者施設の入所者をクソミソに言った。浜本はまだ言う、家の前からあんなのみんなどっか行けと。一流じゃないけど、俺の大学の同期は病人や障害者をどう言うかなあ、彼らは元生徒会役員クラスだけど、と思う優児だった。

三日ほどの研修の最後は、本社の会議室での社長訓話だった。この社長は五十代、体も顔もでっぷりしており、鼈甲縁の四角い眼鏡をかけていた。スーツは地味なものだった。彼は社長の長男として生まれた二代目で、ブルジョアで有名な六大学の一角たる一流大経済学部卒である。

訓話後、社員から社長への質問時間があり、二十数名の若手全員が各一質問を強制された。優児は、株価低迷のため転換社債の株式転換が進まず、新たにワラント債を発行し、社債償還分に充てるようだが、借金を借金で済して大丈夫なのか尋ねた。

「借金なんか怖くないぞ。うちは上場企業だ。貸してくれるところは多い」

社長は自信満々に答えた。

優児は義務で訊いただけゆえ、社長の答えになんの感想も持たなかった。

しばし悩み迷っていたが、優児は決断をした。証券会社時代、居酒屋で浜松から言われたように、実名は出せぬから小説を書き、あの事件を告発し、無視されがちな犯罪被害者の実情を訴えよう。そう決めた。本気さを感じさせぬ男を無理に巻き込んで、殺人の復讐なぞ馬鹿げた独り善がり。自分は、もちろん苛めた奴に報復したいが、いい歳こいて犯罪行為も阿呆らしい。雪村の憎しみは分かるから、告発後、挑発して正当防衛で蹴りを一発顔に入れ、前歯でもへし折る。これでいこう。自分のほうはまあいいか、たいして人生ダメージは受けてないし。もっとも、敵は柔道部、今の自分では、ちと情けない。でも、いい大人だしな。これでいこう。雪村の説得はたやすい。とにかく決めた優児だった。

さて、書く前にいろいろ小説読んで研究しなくては、世界的に有名なものを読もう。でも、その前に四年以上行ってないが、眼科に行こう。どのくらいの年齢まで持つか訊きたい。幸い有給休暇は取れるし。

そのように思った優児は、学生時代通った大学病院に向かった。新築から数年経たとはいえ、まだ清潔な新鮮さを維持していた。その一室で優児は、目下異常なし、将来もあまり悲観せずともと、髪を肩くらいにまで伸ばし、眼鏡をかけている若い男性医師に言われた。

それに次ぎ、優児は白衣の医者に訊いた。もし喧嘩になったら、この目はどれくらいで病変を起こすのか。素人のパンチなぞたいしたことはない。それでも駄目になるのかと。もし駄目になれば、すぐ飛んでくる。そうすれば、助からなくもないようにできぬのかと。

医師は明言を避けた。が、喧嘩くらいはそんなにビビることはないと取れる様子だった。ならばと、優児は極真空手について訊いた。手技による顔面攻撃は禁止、もっともたまに入る。入れば歯は飛ぶ。足技の顔面攻撃は可だが、そうしょっちゅうは入らない。入ればKO。キックパンチの次はクリンチになって、床に倒れ込みどたばたと、四年前以来、毎年見てきた極真の闘いざまを述べ、できないかと尋ねたのだ。

さすがにそれはと医師は駄目出しをした。そして、年に一度くらいは、もしくは異常を感じたら即、来るようにと言い、診察を終えた。

まあ、素人相手にビビるこたあもう必要ねえ。でも極真は駄目、いつどうなるか分からんのも相変わらず。あんまり変わらんなあ。途上国赴任に耐えられる訳もなしか。激しい運動もいかんな。この前、腹這いになって両手で両足首を持ち、体を反らせたら、少し宙に浮けた。でも、続けていたら、変な光が目の前に飛んじまった。クソッ情けねえと心で嘆く優児であった。

冬の夜、雪国へと向かう新幹線の自由席車両は、少し混んでいる。立っている乗客もちらほらいる。その中の一人が優児だった。土産ひとつなし、身ひとつの帰省が常の彼は、今回もそうだ。緑がかった灰色のジャンパーに黒いズボンという姿だった。周囲も灰色がかった出でたちの者が多く、来るべき灰色の空の下の地に備えるかのようだ。ただ、車中は人工的な光に満ち、清潔な明るさを見せている。

優児は進行方向を向いて立っていた。右斜め前の、三つ横に並び方向を変えられぬ席に子連れの母親がいて、優児のほうを向き乳児を抱えていた。通路を挟み、母子の右側に亭主らしき男がおり、二つ並びの席を母子と同じ向きにしている。ほかに大人も見られ、親類で里帰りの様子だ。母は髪がセミロング、亭主らしき男は眼鏡をかけ、どちらもくたびれた表情だ。女も男も三十歳前後だ。

そのうち、この乳児がぐずり出した。ぎゃっぎゃと声を上げる。が、母親はおとなしくさせようともしない。白い服の乳児はしまいにキーッという声を上げた。母親は何もしようとすらしない。

これを見た瞬間、優児の脳裏に騒ぐクソガキ共とそれに何もできなかった教師共、中学時代の記憶が甦り、思わず怒鳴っていた。

「うるさい、静かにさせろ。周りに人がいるんだ」

そう言い、優児は母親を睨む。さあクソ亭主、やるなら向かってこい。カウンターの蹴り入れたるぜ、と心中で叫びつつ。

「すいませーん」と弱気な声を出す母親。目をしょぼくれさせる。

「しっかり躾けとけ」と、また優児は一喝。

乳児は言葉を失い、優児にやめてと言うかのように右手を伸ばす。亭主は寝たふりだ。

その後、乳児はひと言も発しなくなり寝てしまい、終着駅の三つ前の駅でこの一行は下車して去った。

体に自信持てると違うな。あと大山倍達氏の極真機関誌での言、ハイキックを打てるようになれば普通の相手には負けぬ。これが俺に勇気をくれたと思いつつ、他人をやっつける快感に痺れる優児であった。

雪村は説得するも何も、全く反論もしなかった。半年ばかり、優児は前からやっていた拳立てやスクワット、腹筋突き蹴りの練習をしつつ、さまざまな種類の文学を読んだ。そして、見よう見まねで書き始めた。

「最近暇だな」と独りごつ優児は、白い長袖のワイシャツを肘まで捲り、紺とオレンジのストライプのネクタイを締め、灰色のズボンをはき、初夏の陽光の下、小さな工場と住宅が混在する町に沿う道を、とことこ歩いている。クチナシの甘い芳香が漂う。行く先は下請けの運送会社の倉庫だ。優児のオフィスから一キロほど南にある。優児は物流管理も仕事に入っているので、この倉庫と下請けの会社の労働者達と関わりを持っている。決算期には在庫確認で行かざるを得ぬのだが、今日は違う。暇潰しに行くのだ。

「こんちわ」と明るく挨拶をし、二階建ての倉庫の入口のちょい先の狭い事務所に入る。横に四つの椅子と机が並ぶ。事務所の入口付近にある、優児の社の同部からの指示を打ち出すプリンタは沈黙中。

今日は下請会社の社長の三男、三雄もいる。しばらく女とどこかに行って、出社していなかった。齢は三十くらい、人はいいが、かなりルーズ。四角ばった顔の中年男性中尾、通称中ちゃんも暇そうに座っている。競馬大好き、素面だと楽しいおっちゃんだ。が、酔うとやばい、暴れる。酒乱の気有りの独身。この中ちゃんと同年代の黒田。小柄でちょび髭生やして、色黒。東南アジアの人に間違われたりする。趣味は黒鯛釣り。優児が暇だと彼らも暇だ。元が下町の労働者階級出身の優児はなんとなく労働者の皆と気が合い、暇な時期にはちょくちょくやって来ては、釣りや格闘技をネタにだべるのだ。優児の部の連中は皆ゴルフ好きゆえ、話は噛み合わない。

もっとも、黒田は一番偏差値が低いとはいえ、東京六大学の一角を卒業し、その後五百人ほどの規模だった一部上場企業に勤め、中東で働いた過去を持つ。その会社は業績悪化により人員を半分くらいにしたので、それで辞めていた。黒田は優児に自分が中学生だった頃、学校も学生も相当荒れており、昭和三十年代後半はカツアゲなぞ日常茶飯事であったと語ってくれた。

今日はパンチパーマの運ちゃん蒲田さんいねえや。今日は暑いんで皆下は制服の紺のズボンでも上は半袖の私服だけど、あの話をしてくれた時、蒲さん制服の紺の作業着だった。田舎の福島でも昭和三十年代後半、中学は荒れてて悪共はチェーン振り回して先公はビビって見るだけだった。一応高校受かった春休み、仲間と煙草吹かしてたら神社燃しちまってサツに捕まり、入る前学校クビにされた。入学金取りやがったが、入れねえのに返しゃしねえ。まだ許せねえ。ついでに保護観察喰らっちまったと。人間あんまり反省しねえなあ。何はともあれ、飛び込むと生の情報を得られる。俺もこの目で見た現実を書いて残さにゃ。

そう思った時優児は、東北にいた頃親しかった、東大卒現四流私大教授山口の息子、直樹と最近交わした電話での会話を思い出した。

中学時代から慶応ボーイのてめえは、中学生なんだから厳しくしなくてもと言いやがった。冗談じゃねえ、いいところの子息集めたてめえのとこと公立とじゃ、悪のレベルが違う。もう族繋がりでヤー公と絡むんだ。第一慶応は校内で盗みやりゃ即退学じゃねえか。てめえの母親が言ってたぜ。俺たちゃナイフ振り回しても、口頭注意だけの学校で育った。てめえら下情に疎いエリートに上に立たれちゃ、こっちゃ困るんだよ。なんだてめえの親父の同類の書いたもんは。受験とかの制度が悪いだと。ひでえ苛めやった奴らは高校にも入ったし豊かだった。その中で退廃し、思考を止め、残忍な攻撃性に任せ好き勝手やっただけさ。考えるのをやめ本能のまま行動すんのは快楽なんだ。最近本で読んだ。過去にヨーロッパの貴族は遊びで平民を殺してたと。奴らも楽しんでた。これが真実さ。俺みたいなのが言わなきゃ。どんなに苦しくてもやらねば。てめえの母親は言った。楽しくなきゃ続けらんねえと。庶民は根性でやるしかねえ。あの尼社長の娘らしいが、ブルジョアってのは何考えてんだ。童謡のコンサート好きたあ少女じゃあるめえし。ま、奴らの本音聞けたから、なんとなくした電話も役には立った。しかし、インテリってのは希望的観測で物書きやがる。福祉を謳い、犯罪に優しいスウェーデンは犯罪が少ないだあ。人口が少ねえんだよ。率で見りゃ米国より悪い。ちゃんとデータもあるじゃねえか。見てろよ直樹、てめえは工学部の大学院生だと、てめえらの同類のひどさを暴いてやらあ。

「どしたの林さん」と立ったまま考え込んでいるかの如き優児に、三雄が怪訝そうに訊く。

「なんでもない。職があって仕事がない。平和でいいね」とハッとしながら、優児は笑顔で明るく答えていた。

「投信は元本割れで客には謝りっ放しだった。相場も弱いし、でもまあ、個人的には楽になったよ。今は法人営業部だから。早く帰れる。夜八時くらいかな。もう辞められんよ、俺学生時代から付き合ってる恋人と、じき結婚すんだよ」と北野なる証券営業マンが言う。

優児は証券時代の最初の研修で同室だった男に、久々に電話をしてみたのだった。その後、自身の現状等を話して、さよならをした。

あいつ、完全に嵌ったな。女房持ちとなれば、もう逃げられん。人質を取られるようなもんだ。会社もこうなると本社に回すんだな。やばい情報知られても外には出せんようになる。さすが株屋は怖い、女も怖い。あいつとはもう二度と話せんな。株屋に嵌った奴と付き合えば、何か買ってと頼まれる。やばい物と者に近寄ってはいけないと、優児は思っていた。

いろいろと嫌な思い出を書いているうちに、優児にはひとつ知りたいことが出てきた。それは、矢崎の家庭についてである。優児は以前から、電話帳や住宅地図を調べ、矢崎の家が移転したことを把握していた。そして、元の家のあったところも知っていた。そこは優児の実家から南へ徒歩十数分の距離でしかなく、近くにクリーニング店があった。そこで優児は客としてこの店に行き、矢崎家についていろいろと訊くことができた。

父親は大手企業の地元支店に勤めており、暮らし向きは悪くなく、母親共々普通の人々であった。その後、矢崎は悪友共とつるみ、輪姦事件を起こし、新聞に載った。それでも結婚し、子供もできたが、離婚した。こうクリーニング店の中年女性は話してくれた。

思ったとおり、狭い世界だからな中学時代は、変な家なら音に聞こえたはず。そうした感想を抱く優児だった。

　夏の終わりのことだった。優児もかわいがっていたマルチーズのパピーが死んだ。盆休みで帰郷した時、背中に妙なしこりを見つけ、気になったが、それ以外変わった様子はなかったので、訃報を直子からの電話で知らされた時は、信じられなかった。

「たった六年しかあいつは生きられなかった。人間なら四十代だけど、早すぎる。誰からもかわいがられたのだから幸せな一生だったろうが、十年は生きて欲しかった。あいつ、ジャーキーという油分の多い餌ばっかり食ってたっけ。あの馬鹿ジジイのせいだ。あいつが入院してた時、パピーは普通のドッグフード食ってたんだ。ところがあいつが戻ってきてしばらくぶりに帰郷したら、もうジャーキーばかり食うようになってた。どうしてあいつはああなんだ。愛しているなら抑えるところは抑えてやらにゃ、変になっちまう。パピーは人間でいえば成人病になったんだ。医食同源は人も犬も同じだ。どうしてあの馬鹿は、俺の大事なものばかりを奪うんだ。ああ、もう二度とあの白い毛糸玉を抱けないなんて。この世で唯一の癒しも失った」と、アパートの一室で悲しく独りごつ優児だった。両目の端に涙が浮かんできていた。泣くなんて何年ぶりか分からない優児であった。

「バッカヤロー、何度言や分かるんだテメエ、書類もまともに処理できねえのか」と優児が営業の自分より若い社員に怒鳴る。白いワイシャツにネクタイを締めた、細い若手営業マンの眼鏡の奥の目が脅えている。

　最近営業はどうなってんだ。書類でもなんでもミスばっかりだ。我ながらよう怒鳴るわい。こりゃ俺もいずれ何か言われんな。自分でもひでえと思う。書き物してるせいもあるな。

俺が高一の時同級生だった中川とは、卒業後もたまに連絡は取っていた。あいつ今は故郷でサラリーマンだが、地元国立大文学部の大学院までいった。俺の書き物にアドバイスもくれる。ありがたい。

あいつの知り合いはどこの出版社に行ったんだろ。俺は行ったけど門前払いだった。まあいい、とにかく某新人賞に出してみよう。駄目元だ。直しで今は大変だ。

あのチビ課長はやたらと俺に仕事を回しやがる。仕事できるのも善し悪しだ。集中して速いってことは負担も大きいんだ。俺にばっかり回すな。この前は課長も怒鳴った。うちの部の奴らは皆俺を悪く思っている。付き合いもしないこんな俺じゃ当然だ。最近態度もひどいしな。でも、俺にやらせすぎてんだよ。その点ちゃんと見てくれよ。

書き物は四月中には終わる。それが賞の応募の期限だ。そうすれば苛立ちも静められる。でも、その後は宅建資格合格のための勉強だ。

一九九三年度の我が社は、営業経常共に三十億ほどの大赤字になるらしい。昨年度は営業ベースでは黒字だった。バブル崩壊のため含み損出して最終的に大赤字だったけど、本業がましだったから、まだ呑気でいられた。が、もう余裕はない。これはやばい。バブル後早四年、最近は上場企業も倒産してる。世の中は変化してきている。もう大手が安全なんて言えない。いくら社内で威張れても、たかが事務屋だ。潰しは利かん。

この際だ、何か資格を取ろう。浜松さんもこれを取っていた。宅建は十月半ばが年に一度の試験だ。半年はかけなくても受かりそうだ。一応、有名大法科卒の俺だ。バブル期ほどではないが、いまだ宅建は食える資格だ。俺にはやらねばならぬことがある。時間を確保しないとまずいのだ。資格あらばその点有利だ。急がば回れだ。転ばぬ先の杖だ。そのあとでまた書こう。どうにか指導してくれる人も探さにゃな。

仕事なんて食うための手段だ。会社なんてどうでもいい。俺は冷たいとよく言われる。それは当たり前だ、世間は冷たいんだ。そうせにゃ生きられんのだ。まず自分なんだ。ほかを思いやってなんていられんよと思いつつ、必死にお仕事の優児であった。

案の定、三月末部の会議で優児は皆から口で叩かれた。一応やることはやっていると強がってはみせた。優児はそのこなす仕事量がほかの部員の二倍ほどで、周りも追い詰められなかった。

さすがに吊るし上げは効いた。優児は昨年十一月に、多摩地区のアパートに引越しをしていたので、その日の晩、駅から帰る途中、武蔵野の夜空に浮かぶ満月を見上げ、独り小声で言った。

「我ながらよう意気がったもんだ。でも、怒鳴るのはやめよう。あんな会社の連中はどうだっていいんだ。自分のためさ。もう会社がおかしい。転職せざるを得んかもな。こんな態度じゃ、悪い評判が立ち、その時不利になる。それは避けねば。お月さんに誓うか」

それから、怒鳴るのを基本的にはやめた優児であった。

原稿を出版社に送ってから、優児は分厚い宅建受験用の本を一冊買い、即日試験勉強を始めた。そして、半年以上経った。

一発で合格だ。そりゃそうだ、一般人がほとんどの試験で合格率が15パーセントもあるんだ。世の中の人々は99パーセントが馬鹿だ。俺も99パーセントのほうだけど、その中ならトップだ。

試験勉強期間は五ヶ月半てとこだった。毎日一時間くらいの勉強で、一応楽勝かな。八月中旬以降は、ちと冷やっとした。自分で模試やったら合格に、一、二点足らなかった。小さい本も数冊買って、行き帰りの中央線、山手線の車中で勉強したもんな。しかし、俺って短時間でやるねえ。

無論、長時間やりゃいいってもんじゃないんだ、試験勉強ってのは。ひと月以上かかるものなら、寝不足は避けねばならぬ。寝ないと脳がよく機能しなくなり、やっても成果は出せなくなる。いつしか気づいたんだ。俺にとり恩人の高村は、やりすぎて駄目になった典型だった。二年生の普段の時から、一日六時間勉強して六時間しか寝なかった。これじゃ逆効果だ。結局一浪して五流大にしか入れなかった。大学受験は長期戦だから、普段その半分やれば高村は東大如き楽勝だったはず。彼は今、中国語修得のため台湾にいる。この前国際電話で話したけれど、相変わらず寝不足で頑張っている。その点助言はした、寝ないとまずいと。よく寝て短時間集中でないと、結果はよくならない。これを高校時代に言えてたら、恩を返せたんだがなあ。受験地獄なんてマスコミの捏造にすぎぬ。

試験前には購買部の奴らに迷惑かけたな。バスタオルの代わりにハンカチ使って、ただ水洗いだけで済ませてたのがまずかった。臭っちゃったわなあ。新宿の地下街をしょっちゅう歩いてたんで、ホームレスの臭いとかに慣れちまってた。孤独野郎の哀しさかな。たしかにひどかったな、もう今はないが。次の職場も考えにゃならんのだ。臭ってたら自分が困る。ご指摘ありがとうだ。

宅建試験は受かったから、これからは通信教育と来春の三日ほどの研修だな。宅地建物取引主任者証を得るまで、まだ結構時間がかかるなあ。でも、これはもう落ちやしないようだ。いただきだぜ。有給取って都庁に見に来てよかったぜ。天気もいい、高層ビルからの眺めもいい、一人焼肉でお祝いだ。帰りにはケーキでも買っていこう。早く肉焼けろよと、珍しく心中で喜びの言葉を連ねる優児であった。顔にも安堵の色が浮かんでいた。

翌日優児は白いワイシャツを肘まで捲ったいつもの格好で、自分のデスク上のラップトップパソコンを操作して、仕事をしていた。そこに、彼より若い目のよさそうな営業マンが、書類を持ってやって来た。優児は眼鏡の上に薄く灰色がかったOAグラスをかけ、手を動かしながら、営業さんに対応した。最近、営業に怒鳴ったりしないので、話しかけられたりもしており、この時も仕事以外の会話があった。

「宅建の試験どうでした、林さん」

「ああ受かってた。ほっとしたよ。ちと冷やっとしたが、半年で一発合格さ」

明るい感じの会話が交わされたあと、課長の佐藤がとことこと優児の左脇に寄ってきた。彼も背広抜きのスーツ姿で、表情に少し困惑の色を浮かべ、今までにない丁寧な口調で優児に質問をした。

「林君、宅建受かったって」

「ええ、わりと簡単でしたよ。たいしたのじゃないけど、この情況じゃ、ないよりましでしょ」と優児はさらっと答えた。

最近優児は、周囲からけちをつけられる点が絶無である。倍も仕事をしながら、自分達では取れぬ資格も簡単に取る。彼が次を見始めているのは確かだ。辞められたら大穴が開く。周りは気を使うしかなくなってきたのだ。

これからも君づけで呼べよ。三平なんて言うんじゃねえ、けっと心で毒づく優児だった。が、表情はしれっとしていた。

冬の夜空の下、スーツの上に紺のウインドブレーカーを羽織り、優児は武蔵野の地を歩いていた。アパート最寄りの駅よりひとつ前で下車し、そこの駅ビルで夕食を済ませ、ぷらぷらとアパートへ向かっていた。

一応賞に応募し、葉書が届いたんで期待してたけど全然だった。下読みくらい通ったのかな。ま、甘くねえからしゃあねえ。宅建とか完全に終わったらまたやればいい。

そういや、雪村どうしてっかな。ついに親父の博打の借金の形で自宅取られて、最近連絡が取れん。

さまざまな本も読んだけど、どこにも書かれてない。人間の心って何だろうな。学生時代に戻ったみたいだ。心、感情、気持ち、これらはいずれも音の組み合わせたる言語にすぎぬ。本質は人間の内部に湧き出る何かだ。気持ちいいってなんだろな。男にとって最大の快感は射精だが、なんで一番気持ちいいのか。

はっ、そうだ。これぞまさしく生ではないか。あらゆる生命体が免れられぬもの、それは死だ。だからこそ子孫を残し、後世に自らの遺伝子を託そうとする。これぞ生命体だ。そのため不可欠なのが性行為だ。そうだ、これが不快なら生殖活動を生物がやめてしまい、子孫は残らない。生体保存のためになることは快たらねばまずい訳だ。快は気持ちいいだ。分かったぜ、人間の心の源は生理だ。生理は本能だ。人心の本は生体保存の本能だ。いやあ、我ながら勘がいいぜ。ここだけなら、俺はサルトルよりもフーコーよりも上だ。

この時優児はアパート間近の、住宅街の中の極めて緩い坂道を上っているところであった。

すごい発見をしたと思った優児だった。が、数日後、近所の書店でそれは全くの糠喜びであると思い知った。科学雑誌に、人心の本は生体保存の本能と書いてあった。ははっ、そりゃそうだわな。ホルモンが脳に影響することが分かってきた、科学の時代だもんな。俺の勘如きじゃたいした発見もできんわな。でも、何かがっくり。それでもこの科学誌はいい、頭を鍛えてくれる。科学とは理論ではなく発見である。こいつは学生時代に分かったことだ。いかに難解な理論とて、そこをわきまえて先入観を排して慣れさえすれば、あの人類史上最大の天才、アインシュタインの相対性理論とて理解することは簡単だ。俺はこれを立ち読みで覚えた。さすがに慣れるのに一ヶ月はかけたけれどねと思う優児だった。

一九九五年春、リストラなる実質人切りの言葉が一般化した世の中にあって、優児の会社もそれに直面せざるを得なくなっていた。一九九四年度の決算はまた三十億ほどの大赤字。バブル時代の大量採用で千七百人ほどとなった社員数を、数百人は切らねばどうにもならぬ。

だが、この会社の事態の深刻さは、人余りよりも収益構造にこそあり、そう優児は判断していた。営業マン達への態度を軟化させ、気さくに話せる営業の数を増やすにつれ、優児は会社の先行きの暗さと自身の会社へのかつての不明さを痛感した。

N電工の発展の源は、コンピューターの普及であった。ただ、それはパーソナルなものでなく、オフィスコンピューターと言われる、中型で会社用の高い、システムエンジニアやその会社専用のソフトウェアを要するものだった。が、早パソコン時代が来ていた。以前と異なりパソコンの反応速度は上がり、出来合いのソフトもよくなった。もちろんパソコンはオフコンよりずっと安い。テレビ並の値段だ。N電工のようなディーラーの売るものでなく、家電量販店が扱うべきものだ。それでも、これらしか売るものがなければ、売るしかない。当然利益はオフコン時代の数分の一となる。ゆえに数を売らねばならず、営業はてんてこ舞いになっていた訳だ。

これでは失敗するなというのが無理だ。深夜十二時過ぎまで働く人々に、なんと無礼だったことかと優児は己を恥じた。そして、仕事の速度を落とさぬ範囲でのコミュニケーションの重要性を思い知った。営業は外に出せる人々だ。ゆえに話せば、学術的理論は優児に及ばなくとも、間接部門の連中と違い、生の経済を語れ、いい情報も得られる。優児は日々、一部の真面目な営業達と関係を改善していった。が、会社の状況は悪いまま。親会社たる東電通もディーラー等最早不要と思っており、今後については、優児もその親しくなった営業達も頭を抱えるのみであった。

五月の連休明けに、本社オフィスは、山手線の駅に隣接するビルから私鉄沿線の住宅街にある五階建てビルへ引越しをした。このビルは独占での貸借となる。だが社員らは、都落ちだと言い合った。

初夏の頃には希望退職受付の締め切りがあった。ここで辞めれば、通常より退職金は多くもらえる。退職募集の期間はしばらくあったので、すでにかなりの者が社を去っていた。

さて俺はどうする。もう会社に明るい未来は望めない。今や毎日夜十時くらいまで仕事をせにゃならん。利益率が悪いので仕方ない。これじゃ書けぬ。会社は辞めるしかない。問題は辞め時だ。次を決めてからがいいに決まっているが、どうしよう。宅建の研修は終わった。大丈夫とは思うが、万一だと補習だ。東京を離れられん。書き物の指導者探しには東京がベストだが、最近某大学院に入り直し東京に来た中川曰く、郵送すればいいから、いい仕事なら地域にこだわるまい。とすると、今はまずいか。しかし、もらえる金は多いほうが。優児は煩悶していた。アパートの板張の床上に敷かれた布団の中で、連夜びっしょり寝汗をかいた。やはり、宅建のほうも完全にクリアして、それから次の仕事を決め、書ける状況を作り、いざとなれば東京神田の書店街で同人誌を探し、郵送でも指導してくれるところを見つける。次の職場の地域にはこだわらず、労働条件こそ重要。これでいこう。希望退職には応ずるまいと腹を括ったところ、克男が電話をかけてきた。

「おお、優児か、俺だ、へへっ。会社のリストラはどうだ。ええ」

白いプッシュホンの受話器を左手で持ち左耳に当て、優児は怒り声を返す。

「なんだ、人が大変な時に何嬉しそうに笑ってんだ。ああー」

「いや、お前が深刻そうに出たからさ。とにかく俺に話してみろ」と言う克男は、内心息子の不幸が嬉しくて堪らんし、田舎に戻せる好機と考えていた。

「あんたに話したって仕方ない」

「心配してんだ、話してみろ」

「あんたと絡むと損ばかり、話さん」

「俺は親身になあ」

「何も言うな。能なしの助言はマイナスなだけ。もう電話すんな」

つけ入る隙のなさに、克男は電話を切った。

お袋はしばしば電話してくるが、あのヤローは大変な時にばかりかけてきやがる。これを大学四年の時にできてたらな、もっといいとこいけて、こんな目にゃと、優児は心でぼやく。

フローリングのアパートの一室には、車つきで中にビデオを入れた黒い木箱、その上の小型のテレビ、白く小さい冷蔵庫が整然と隅に置かれている。洗濯機置場は空、いまだバケツで手洗いなのだ。

宅建の諸手続は七月半ばに終了。ただ主任者証は十月半ばに手元にくる。とにかく終わった。これがあれば食いっぱぐれぬ、一応職安に当たり確認済み。でもできれば現在のような職をと考える優児は、夏場から本格的に転職活動を開始。民間の就職斡旋会社を多数当たった。が、大手国内企業などいいところはなし。バブル期とは大違い。外資系の求人はあるが、英語の資格はないし、第一出入りが激しいところはと敬遠。困ったぜの優児だった。

そのうち中間決算の時が迫り、さらに六十億のワラント債の償還も重なり、ここで赤字なら倒産ではとの話が社内で飛び交った。

希望退職で二百人以上が去り、出来のいい者から辞めたので、補充として閑職から回された馬鹿相手に怒鳴らざるを得ぬ優児は、退職金を取り逸れぬため毎日辞表を忍ばせ働いた。

こんな時に二代目社長は、取引先の招待でイタリアへ旅行だった。優児のところの、眼鏡で太っちょでへらへら笑うだけの部長もそれにお供した。旅行前、この部長は部員達に声をかけたが、優児だけは避けた。一発かまそうと思っていた優児は肩透かしを喰らった。このざまに銀行から来た役員は、こんな会社の融資はやめて潰せと公然と言い放った。

会社はこの危機を、納品していないものを売り上げる粉飾を大規模にやらかし、数字上営業利益を少し計上し乗り切った。だが、その後も収益構造は変わらず、優児の部も連日夜十時まで仕事せざるを得ず、ついに入院する者を一人出した。それを見、優児は辞表を出した。食いっぱぐれはないようにしてある。体を壊せば終わりだ。付き合う必要はなかった。

営業にいい人々もいて、中にはこんな俺をヘッドハンティングの会社に推した者もいたようだ。無名の外資系だったが、この手の話があっただけ光栄に思う。できる人達との関係は良好にせにゃ。ただ、できん奴共は排斥だ。東京は外資とかだし、お袋はもう六十七、潮時だ。いったん故郷へ帰ろう。優児は決意した。ただ退職後、東京にある、地方の出先機関を通じて職を探し、決めてから帰郷とした。克男はそれを「またふらふらして」と非難したが、優児は東京なら宅建で万一の食いはぐれもなし安全策と反論、克男はひと言も返せなかった。

退職後二十日ほどで優児は次の職を得た。某大手住宅メーカーの地方子会社の総務だった。今後株式公開をという会社の将来に賭けることにした。現在、そのため連日遅いと言われてはいたが。

季節は日本海側では晩秋に差しかからんとしている折、優児は実家の台所の木製椅子の背もたれに寄りかかってひと息ついていた。ネクタイは外し、折り畳み、紺のスーツの左ポケットに入れている。夕食を済ませたばかりだが、もう十時半過ぎだ。テーブルの木製の台の上には食器はない。頭上には円い蛍光灯を含む、年季の入った照明器具がぶら下がっている。優児の真向かいには瞬間湯沸器が、その右には風呂釜から伸びる煙突が見える。これらより手前の右側には、ステンレスの流しがある。それより手前の椅子には直子が座っている。その椅子は優児の座るそれと同様のものだ。直子は手製の青いカーディガンを着込み、両腕を組みテーブルの上に載せている。パーマをかけたショートヘア、眼鏡を載っける低い豚鼻、これらは昔と変わっていない、黒く染めているので髪色もだ。顔の形は下膨れがより進んだ。年相応の老化はもちろん見られる。

「毎日遅くて大変だね」と直子が言う。

「仕方ねえ、株式公開の準備はあと一年もせんうちに終わろうが、その後はどうなるか。ひでえ会社だから、用は済んだから辞めろと言われるかもな。たとえ株屋でも総務はここまでやらされねえが、この会社異様だぜ。ほかの大手住宅メーカーも、事務屋は帰るのは早いんだがな。一応形態は別会社でも、実質支社だ。給料は多いが、ひでえ労働条件。営業は十年経てば10パーセントも残らねえ。ったく、大学四年の就職の時にあのジジイが出てこにゃ、こんな目に遭わずに済んだかも。ヤロー煙草吸いすぎでついに肺やられて、機械つきでなきゃ呼吸もできなくなるたあ、情けねえ。入院先から戻ってくる時は、でかい機械がくんだろ」と優児は蓮っ葉に答える。

「ほんとにやんなるわ。わたしゃ、あんな管つきのなんて見んのもやよ」と直子は表情も声も忌々しげに吐き捨てた。

長年連れ添ってもこんなこと言うのかと、優児は驚きながらも言葉を返した。

「あんたも補聴器つきだろが」

「鹿野家の父と母が悪いのよ。中耳炎の子を医者にも見せないで」

「聞いたよ。死んだ福ババらしいぜ。ついでにあの人通して見合い話がきたんだろ。親子揃って、変な仲人に騙されちまって。あんな弱っちい、駄目兄貴の奴隷、なんで選んだ」

「勤め先がよかったのよ」

「よく調べろよ。杉夫ジジは気づいてたんだろ。福ババは馬鹿だ。馬鹿に従うな。でもさあ、なんで別れなかった」

「今なら即離婚よ。よっぽど別れようと思ったけど、昔は出戻りと言って世間が白い目で見たのよ。で、我慢したの」

「あんなのに引っかかって、こんな病気のガキ作って、こっちもいい迷惑だ。人生めちゃくちゃだ。あんな遺伝病持ち。見りゃ分かるだろ。見るからに弱そうだ。結婚となりゃ、その点考えなきゃ子孫が困るんだよ。だから、孫の顔見れずに死ぬことになるんだ」

「あの頃はみんな優しい人との結婚を望んだのよ、女は」

「いくら優しいつーても、あんなの。俺は生まれんじゃなかったぜ。恨むぜ」

そう言われ、直子はしばし黙っていた。が、再び口を開いた。

「あんた、これ絶対にお父さんに言わないと誓えるかね」と真剣な口調で訊く。

「ああ、俺は口固いぜ」と優児はやや怪訝そうに答える。

「絶対に言わないでね。よし、なら教える。あんたはあの人の本当の子じゃないの」

「どういうこった」

「あの人はねえ、種なしだった。それで大学病院で人工授精したのよ。私はそこまでして子供はいらないって言ったけど、あの人がどうしてもって説得して。で病院の台の上で足開いて。あの人は精子の数が少なく、動きも悪くて。恥ずかしいったらありゃしなかった。でも、大学病院にはそんな人がいっぱいいた。不妊症の夫婦って多いんだねえ。その時、誰かほかの人のと混ぜんでしょ」

優児は目を丸くしつつも、わりと落ち着いた声で訊き返した。

「精子混ぜたあ。おいおい、医者はそう言ったのか」

「いや言ってないけど」

「医者は混ぜたって言ってねえなら、やっぱり俺は奴の子だぜ。たしかに体質は似てんだ。しっかりしてくれや」と言いながらも、人は時として秘密裡にとんでもねえことしでかすから、ひょっとするとと訝る優児だった。

「本当は卓球やってたスポーツマンで、郵貯局の同僚に好きな人いたけど、結婚してたね、はあー」と直子が溜息混じりに言う。

「だからってあんな紐つきと」

「あの人は性格はいいのよ」

「いい人ってな能なしだ」

「あの兄貴のほうは真面目にやってたけど、結婚相手に裏切られて狂ったたって」

「誰がそう言った」

「兄貴のほうが」

「阿呆、屑信じてんな。信用できるか、あんな奴」

「そりゃ、そうだわね」

これじゃ母娘共騙されるわなと思う優児であった。

親父の借金の形に家を取られた雪村と優児は、帰郷後一回だけ会った。場所は優児の勤め先のオフィスの真向かいにある、市役所ビルだった。新築後まださして時を経ていない、吹き抜けのある建物の一階で、仕事で市役所を訪れた優児は偶然雪村を見かけ、声をかけた。上下共黒っぽい冬の装いに黒いゴム長履きの雪村は、紺のスーツ姿の優児を無視し、書類用の台に両手を載せ、突っ立ったままだった。優児は複数回声をかけた。だが、「うるせー」と低い声の返答があっただけだった。雪村の俯いた顔は恥ずかしげだった。その後、電話帳で調べ、雪村父子の住む、やや古いマンションの一室を、優児は訪ねてみた。雪村はいる気配を見せた。だが、決して会おうとしなかった。

こっちもいろいろ裏切ったりもしたから、もう会おうともすまいと、優児は決心した。そして、徐々に反応をしなくなっていき、殻に引き籠っていく男の様子を見、確信した。矯正するのは早期しかない。あの龍男なんて、年を取ってたから手がつけられず暴力で追っ払うしかなかった。雪村も今やそんな感がある。そうなるまで時がかかった。

まだ反応が、望みがありそうなうちに組織的援助があらば、なんとか。そして、上手くやったら誉め乗せる。前者は早期発見早期治療、後者は信賞必罰。前者は医学上常識、後者はかつての学校がよかった頃の常識だった。

学校が崩れるにも時はかかった。初期で警察を入れ、クソガキの腐りかけの鼻っぱしをへし折り、罪の程度に応じ、軽けりゃまず週末的拘禁で社会奉仕、その次にまた進めばしばし鑑別所に入れ保護観察、これで駄目ならムショ送り。もちろん初犯でも重けりゃ即ぶち込む。殺人とかなら未成年だろうが大人並の厳罰だ。重犯罪ほど思い止めやすい。出来心じゃやらんものだ。

マスコミは机上の論でやるから、厳か寛に割れるけど、現実は立体的に対処すべき。そして、若いうちに変な癖をつけなきゃ、治安はよくできる。

俺もいろいろ見てきた。年取りゃ丸くなり、分別つくなんて嘘だ。悪い奴はますます悪くなる。人を引っ張るには飴と鞭だ。よくやる人には礼を、馬鹿やる奴には罰を、こんなの以前は当然だった。大学教授は机上の論者ゆえどちらかの主義に偏るが、実社会ではどちらも一気にやらにゃ。

俺がヘッドハンティングされた時は、まさにそうしていたのだ。早く、厳しく、ただし賞も忘れずにだ。ただ娑婆に置けぬようになりゃ、ほぼ二度と賞はなしとなるが。

その気は二年くらい前から見せていたのだが、克男が管つきになってから一年後、直子はアルツハイマー病の診断を下された。日々惚けていく直子を、克男は嫌々世話をした。惚けが相当進んだ時、克男は直子を平手で叩き始めた。もう反撃できずと踏んだのと、惚

不登校の果

けに苛立ったためだった。それを見た優児はあれっと思ったが、忙しくそれだけだった。

克男の暴力は、怪我をさせるほどではなかった。

初秋の晩であった。優児は紺のスーツのズボンに白い長袖のワイシャツという出でたちで、橙色の丸い椅子に腰かけ語っていた。右脇には白い長袖シャツにステテコ姿の克男が、茶色い座布団の上に胡坐をかいている。隣のステレオが置かれた部屋にある、高さ一メートルほどで白くかなりでかい酸素吸入用機械から、透明な丸く細いビニール製の管が克男の鼻へ伸びている。克男の前には、何も置かれていない背の低いテーブルがある。その奥にはテレビがあるが、スイッチはオフである。

「この前、公共放送でやってた番組で小学校の学級崩壊を見たが、日本も落ちたもんだ。昔ならありえん。叩いて止めたよ。なるほど万一があっから、怪我せんよう襟掴んで叱って、罰として雑巾がけ後にスクワットだ。実力行使は毒だが、弱毒化して筋が通りゃ薬となる。優しさは薬でも過剰なら毒だ。こりゃ当然さ。よかった頃の学校はこうだった。小学校で基礎を固めにゃ、中学で崩れんのが速くなる。悪い芽は早く摘む。神戸で子供の首切り取った中学生がいたが、あれだってその前に万引き、付き纏い、鈍器での殺し、シグナルが出る。万引きでも週末拘禁で罰すりゃ進行しなかったかもな。ああいうのは進行すっかな。でもストーカー行為で保護観察にし、目つけときゃ最初の殺しでパクれる。あの子の首は切られん。早めだと被害者も加害者も多く救える。米国で実例もある」と優児が

251

言う。

克男はふむふむと頷く。

「これらを訴えるのを書いて、世に出してみせる。だいぶ先だろうが。にしても、お袋も困ったもんだ。ありゃ馬鹿だから、偏食やって、アルツハイマーになっちまったんだ」

「本当にあの女は育ち悪いからな。八百屋の娘なのに野菜嫌い。気性も激しいし、俺が兄貴に金くれたら、目逆さにして怒りやがった」と、克男は目も声も忌々しげに吐き捨てた。

その目と言葉に、生まれて初めて克男の本性に気づき、優児は目を丸くしひと言もない。

だが数秒後、冷たく言った。

「結婚詐欺師が何言ってやがる」

克男は頭《こうべ》を垂れ、黙り込んだ。ついに本性をばらした。

「そんなに兄が大事なら、奴に一生尽くせよ。独身でな」と言う優児。

「ほんとだな」と克男は力なく答える。

「いったい、お前の親はどういうふうに育てたんだ」と優児が訊く。

「親父は絵描くばっかりだった。ただ、俺が勉強しないと叩いた。兄貴に箸より重いもん持たせんかった。それで十五の時、あれになって、あれ」

「登校拒否か」と言う優児。

「おお、それになって中学も辞めてな。それで一生あんな感じ。姉の一人は嫁に行って、そこで寄生虫症で死んで。もう一人は戦後ヒロポン中毒で駄目になって、のちに仲居とかやってた」

「皆しょーもねえ。で、あんたは生きるため、助けと風当たりを弱めるのを求めて、いい人ぶりか。図星だな。本当にいい人なんていない。俺もいろいろ見てきた。いい人なんざ、食い殺される。お前のお袋は、兄に尽くせたから幸せだったと、馬鹿言ってんな。弱者の反撃は命取りだが、強くなりゃ効果絶大だ。お前は俺よりゃ体の素質はあった。やれよ。俺ならクズ兄は追っ払って、いずれ餓死。母親救えた」

「おお、お前ならやれたろう。俺はできなかった」と絞り出すように言う克男に、本当はやりたかったんだと優児は確信した。

「あんたらは絵描きの子だ。精神の資質は弱かろうが、努力で最低限は越えられる。大事なのは根性だ。お前が決して俺に教えなかった、飛雄馬とジョーとマス大山の根性なんだ。ランニングも拳立ても腹筋も突き蹴りの練習も皆つらい。無論体にじかに当てる極真の鍛錬はこんなもんじゃなかろうがな。それでも苦しい。やりすぎはどんな年齢でも駄目だけど、男の心は筋肉と同じで長年の苦しい練習に耐えてのみ強化できるんだ。あんたがマジで言ってた、好きだから楽しいから続けられるなんざ、科学者とかそれこそ万人に一人しか通用しないんだよ。ほとんどみんながきつい仕事に耐えて生きるしかないんだよ。てめえら甘やかされて楽して落ちたんだよ、没落貴族め。重いもん持たんで、てめえは何もせにゃ楽だわな。こんなんだから体が強くならず、社会は弱い奴に手え出してくるから自信を持てず、殻に籠ってあんな駄目男ができんのさ、お前の兄のようにな」と優児が責める。

「本当にそうだな」と力なく克男は答える。

「俺もあんたの毒を吸ってた。一緒に暮らすとどうしても影響されんだよ。あいつも苛められたろ。人の、特に男、雄の本能は惨い。苛め楽しむからなあ。よくテレビで学者馬鹿が優しい思いやりの心を育ててとかぬかすが、阿呆くせえ。庶民の男はあんまり考えたりしねえから効かん。寧ろ本能の攻撃性を、男の正義感は弱い者苛めをする奴をやっつけるものだと誘導するのがいい。こうして残忍さを昇華させるしかない。いい頃はそうだった。男は優しく思いやらんよ。そうしても、ひでえケースも起こるから、そん時は刑事で処理しなきゃ。民事は未成年だと直接やれねえからな。ま、苛め問題は中学高校が主だから。マスコミ出てるのにも、少年法改正となると民法は変えないのになぞと言う馬鹿がいるが、民法の未成年の規定二十歳を以ては取引行為の規制のためのもので、ただ思いとどまればいい刑法とじゃ要求される能力が違うのさ。取引は複雑となる。混同しちゃいかん」

言うようになったと、克男は優児の言に感心した。さらに優児は語り続けた。

「法律は派手にやる暴力とかには有効でも、苛めなんて無視や聞こえよがしの嫌味とか地味にできるから、結局本人が強くならなきゃ不快なのはなくせん。限界がある。俺は本当に強くなれん。男として悔しいぜ。行きたい会社は受けられなかったし、極真もな。ありゃ厳しいから俺続けられたかなあ。でも、健康ならもっと人生明るかったろ。同レベルの大学卒が多くいる会社に行けたろうしな。俺んとこのOBも世の平均より、能力も人格も全て遥かに高い。悪いDNAに高齢出産低体重児、よくもやったな。高齢低体重共に奇形の率が高まんだぞ、おまけに就職の時、変な話持ってきやがって」

ついでに種なしと言いたいが、お袋のため言えないと思いつつ、言う優児だった。

「はっ、あれか」

こいつ俺がわざとやったのに気づけねえやと思わず笑いながら、克男が言う。

「何笑ってんだ。へらへらしてっから、駄目になんだよ。この林家は俺で終わりだ」

「そう言わんで頼む。子孫残してくれ」

「俺の気質は先天的に荒い。弱い肉体的資質とはミスマッチもいいとこさ。子供に恨まれんのは俺もやだからな。それとなあ世間て奴、人間て奴は苛めと差別が大好きだ。病気持ってりゃまたやられるぜ。マスコミはよく、病気や障害持ちながら生きるってのを持ち上げるが、感心せんな。そりゃ罪もないんだ、苛めたり差別はいかん。俺もそんなことしない。が、病人や障害者に家族守れんのか、子供に遺伝するのもあんだから、それをどうする。人は助け合わず利用し合うのみだ。情けなんてないよ。甘かねえんだよ。俺には結婚子作りなんてできねえよ」と言って、優児は立ち上がり居間を出た。二階の自室で就寝するためだ。

そのあとを追い、克男は居間から廊下に出て、管つきの体で優児の背中に縋る言葉をかけた。

「頼むから、孫を」

「駄目だ」

優児は振り向きざま鋭い一瞥と共に一喝。そのまま背を見せて二階へと向かった。あのヤロー、本性見せても謝りゃしねえやと心中で呟きながら。

克男はその場に立ち尽くすのみであった。


冬ゆえに林の家の一階西端の部屋の障子を透る陽は弱く、昼でも薄暗い。でかい透明なポリ袋がタオルやら衣類やらを含んで、数個畳の上に転がっている。さらに骨箱が白い布に包まれて隅のほうに置かれている。直子のそれだ。

直子は九月上旬に死んだ。四十九日が過ぎた時には早晩秋、時雨の頃とあって、墓への納骨作業は来春にと、優児は決めたのだった。

その墓は市の南の外れにある。龍男と同じ墓に入ることを拒否した直子の意志に従い、優児が直子の金で建てたのだ。そこには今、克男だけが眠っている。

優児が克男の望みを断ったあの晩から一月半ほどあと、克男は肺炎で入院、一ヶ月ばかりの闘病後、死亡した。早十五年前の話だ。その葬式で直子も優児も涙を見せた。共に暮らしてきたゆえ情が移った訳だ。だが、その後しばらくして直子は、「あんな男に引っかけられた」と声も顔も忌わしげに吐き捨てた。その場は直子が収容された施設であった。頭は惚けても体で知ったのだ。自分の夫の正体を。

母が惚けたとあり、優児は克男の死後の始末を独りでした。大変どころではなかった。克男が優児を嵌めるためにした家の外壁工事のローンが残っていたのだ。しかも鹿野麻紀子をその連帯保証人としていた。優児は幼児体験ゆえ、安全を期し、相続時自身と母に克男の残した資産を越える負債が出た場合でも、その負債を被らずに済む、民法の限定承認を利用した。ただ、この限定承認を為す前に母の禁治産を行わねばならず、これに半年ほどかかり、その間請求が保証人にいき、すったもんだになった。優児は弁護士に頼み、裏技も使い問題を処理、清算をした。が、鹿野家と絶縁となった。幸いそれ以上借金はなかった。しかし、この時期が優児の会社の売上半減による崩壊と重なり、毎日午前様で働かされるわ、銀行や親戚に追い詰められるわで、とうとう右目の網膜に孔が開き、レーザーで焼かれる破目となった。入院はせずに済んだが、ぼろぼろになった優児は憎んだ。家裁側が面倒という理由で、全相続人の合意なくば使えぬようにしてある限定承認制度を、もちろん父も、心の底から。

体を壊さぬため、会社を辞めた優児は職安の制度を利用し、半年間ボイラー技士の資格取得のための教育を、県営の専門学校で受けた。彼は母を看取ったあと、東京へ戻るつもりだったので、しばらくは故郷に残らざるを得ず、宅建の田舎での使い勝手の悪さもあり、新たな資格を欲したのだ。

これには東京時代、仕事で知り合った、下請会社勤務の黒田の影響があった。黒田はその会社を辞めたあと、二級ボイラー技士と第三種冷凍機械の資格を取り、ビル管理の職に就き、わりと時間的余裕を得ていた。

専門学校での教育はボイラー技士のほうだけだったゆえ、その後優児は独学で冷凍機械の資格に挑んだ。専門学校に通う間は失業保険が支給された。それがなくなっても、優児は残業続きの日々に稼いだ金を貯めており、千五百万円くらいあったので、余裕はあった。将来、東京へ戻る時のことも考え、実用英検2級にも挑んだ。国内ではあるが、英語を使う仕事はわりとある。ボイラーの資格は専門学校在籍中に取り、残り二つの試験結果を待つ間に、優児は事件に巻き込まれた。

それは初冬の夜九時頃のこと。優児が自宅にいたところ、外でパンパンと変な音がした。何事かと思い外へ出たら、自転車に乗った二人の若い男が目の前を通り過ぎていった。優児の家のブロック塀の角の脇に電柱が立っているのだが、そこに付設されている外灯のプラスチックカバーに小さい穴が複数開いていた。あの二人がエアガンでやったなと優児にはピンときた。

向かいの家に、変な音がし、変な者が去っていったが、心当たりはと訊いたら、近所の塾に以前息子を通わせていたが、同学年の二人の男がエアガンで息子を撃ったので、そこはやめさせたとのこと。優児はその旨を警察に通報、三十分以上経ってから警官が来て現場を見た。だが、また何かあったら連絡をで終わり。事に電気が絡む。万一火でも出たら家がと思った優児は、二人くらいならと決意。エアガン使用サバイバルゲーム用のゴーグルを買い、その蔓《つる》の後方の穴にゴム紐を通し、頭にぴったりフィットするようにした。さらに黒く長い雨傘を持ち、相手がナイフを出したら、その目を刺すべく練習、塾の授業がある晩に備えた。

その晩優児は、専門校時代に買わされた枯草色の作業用ジャンパーとズボンに身を包み、敵を待った。パンパンと音がした。優児は素早く白いスニーカーを履き、黒い雨傘を右手に外へ飛び出す。

「てめえら、何してやがる」と怒鳴りながら、優児は上下共黒っぽく見えるジャージを着込んだ、二人の男子を確認。一人は百七十センチくらいの身長、もう一人は百六十五センチほどで眼鏡をかけている。二人共エアガンの拳銃を手にしている。ナイフなしと確認するや、傘を捨て優児は背の高いほうへ突進、その両腕を掴んだ。敵は優児の勢いに体を反らせたが、押し返そうとした。次の瞬間、優児の右ストレートパンチが敵の顔面左側に突き刺さった。敵は一発で尻をついた。さらに林は右フックを左顔面に二発ぶち込む。岩を打つかの如き感を優児は覚えた。この奴の戦意喪失確認をするや、優児は右拳をバックハンドで眼鏡野郎の鼻に叩き込む。親指のつけ根がヒット。二人共抵抗できず、襟を掴まれ、怒鳴られ、警察に突き出された。

向かいの奥さんに警察へ電話をしてもらったが、パトカー到着まで三十分かかった。二人は優児と同じ中学の一年生だった。眼鏡野郎にゃ仕置きが足らんと思った優児は、パトカーを待つ間、当てないが、右回し蹴りを鼻っ面を掠めるように一発放った。報復する気を起こさせぬための威嚇だった。もちろんその後、何もなかった。

男の警官が二人で来たが、そのやる気なさに優児は嫌気がさした。パトカーが来るや、近所の初老の男が顔を見せ、何事かと優児に訊いてきた。以前から感じていたが、豊かさの中の人の堕落を改めて痛感する優児だった。ポリ公のいい加減さ、男達の無関心腰抜けぶり、法がどうあれ、それを運用する人がこれでは、将来の治安はお先真っ暗だ。これこそ文明の滅ぶ理由だなと、優児は思わざるを得なかった。警察にあとを任せ、家に戻ろうとする際、優児の膝は意思と無関係に震えてしまった。右の拳は外側が手首とのつけ根辺りまで青膨れ、痛くて仕方なかった。ボクシングやキックボクシングのパンチが素手で使えぬことを身に滲みて思い知らされ、しかるべきところで訓練を受けられぬ我が身が呪わしかった。

このあと、英検も第三種冷凍機械も合格した優児は、田舎で求職活動を開始した。だが、非常に困ることとなった。折しも構造改革が始まらんとしており、そうすると中央からもらう土木等公共事業に頼りきってきたこの県の経済は、全く将来を望めぬザマなのだ。

さて、どうする、数ヶ月悩んで優児はある結論を出した。

母の家計簿のミニ日記欄を見ると、アルツハイマー病発症時は早六年前、平均するとアルツハイマー病患者は発症後七、八年で死ぬ。本で調べた。これから落ちていく中で仕事をするのも馬鹿臭い。英検を準一級にグレードアップし、すぐ東京を目指そう。英検準一級はかなり難関だ。しばらく時はかかる。その間に母も死ぬだろう。そうすれば、全て清算でき、太平洋側で暮らせよう。そうしよう。

そう決心した優児はパートで働きながら、英語の勉強をした。英検の二次試験は会話である。準一級ともなると、英会話学校に通わねば受かりそうもない。その学費のためだった。ただ一回目は自力のみの挑戦とした。ところが、優児は一発で二次も合格。本人も驚いてしまった。

思わぬ好結果に、優児は数ヶ月間のんびりと過ごした。その後、こう計画を立てた。来年の春には宅建の免許証更新のため丸一日かかる講習を受けねばならない。そこまで田舎でパートで繋ぎ、宅建更新後、東京での職探しをと。

しかし、構造改革のため経済が急に悪化していった田舎には、以前パート先で思い知ったコンピューター入力速度の遅さをパソコンショップでの立ち打ちで倍以上に改善しても、パートもなかった。さらに目が異常に疲れやすくなり、普通なら見える標識が見えず、軽い人身事故を起こし運転をやめた。こうなると、ルートセールスの派遣の仕事もできなくなった。仕方なく貯蓄を使い、宅建更新後東京での英語を使う正社員の職を求めたが、駄目だった。その間直子は自力で食べられなくなり、優児はしばし様子を見た。求職活動再開後、今度は直子は高熱を発し、熱は下がったが、しばらくあとに、ほぼ寝たきりとなった。

　優児は困り果てた。今にも死にそうな親を抱えて、東京での仕事もない。後始末は時間もかかるし大変だ。行った途端死なれたら、試用期間でクビだ。仕方なく田舎にいる優児だった。

　直子はしぶとく、何も話せず認識できぬまま、一日中、目も開けない状況で流動食を口に突っ込まれ五年以上、施設側にいつ死ぬか分からんと言われてから四年以上、計八年八ヶ月生きてやっと死んだ。

　この間優児は生活費を、母の年金収入で賄った。貯金もまだたっぷりあったが、都銀の口座で、支店は市の中心部にひとつしかなく、手数料をけちったのだ。ある面、母のせいで田舎にいるしかないのだ。法的に民法の互の扶養扶《たす》け合いでいける。優児は月六万円ほどで生きたので、直子の年金収入での赤字は出さなかった。数年ごとに家裁の調査はある。万一否認されても、自分の金を母の口座に移せばいい。税務上の法解釈で、この手のことはよくある。手が後ろに回りゃせんと優児は思っていた。家裁の指示は、前回分と比べ、直子の資産を減らさねばよし、それだけだった。この状況下で家裁の調査は二度あり、二度目の書面の質問にひやっとしたが。

なんと阿呆臭い日々と優児はつくづく思う。残ったほうが何かと母のためだったにせよ、自らの人生は棒に振った。週に数回施設を訪れ、汚れものを持ち帰り、洗濯してまた持っていき、身の回りのものと資産をただ管理するのみとは。会社の状態がましだった東京時代に帰りたかった。好きなこともできず、無職で惨めだった。訳を話して、派遣でもなんでも、東京で資格を活かして国民の義務を果たすべきだった。ヤケクソに陥るべきでなかった。田舎にはできる職はなかったのだから。

これらの本をただせば、馬鹿女を騙したあ奴だ。克男は周りの見えぬお人よしを演じていただけだった。帰郷し働いていた頃、奴は「人を大事にしてれば、いいことが返ってくる」と、にこやかに高い声で言った。それを許せぬ優児は、お人よしは食い殺されるだけと怒鳴りつけた。そうしたら、克男は暗い顔と声で、「お前の言うとおりだわな」と答えた。奴も世間の、人々の冷酷さはよく分かっていたのだ。さもなくば、直子を手玉に取れっこない。今なら見切れ、さまざまな邪魔をしてきた時の奴の心理は手に取るようだが、早、全ては今さらと優児は嘆くのみ。

母を見守るだけの日々に、優児は暇潰しに科学の本をよく読んだ。学べば学ぶほど、見えてくるのは人間の限界だ。子供の頃、科学は万能で、将来ヒトは宇宙の果てまで飛んでいけると信じていた。だが、科学の発見した事実はその夢を打ち砕く。空間中光速より加速は不可能、異空間には飛び込めそうはない。$E=mc^2$なるアインシュタインの有名な物理公式がある。エネルギーと物質は相互変換し得るとする、世界一有名なそれだ。油を燃やし、ただ原子の組み合わせを変え、熱を得る化学反応は、原子の質量を、ほとんど、十億分の一以下しか減らさぬゆえ、効率が悪い。一方、ウラン等重元素を、他種となるより軽い元素に変える核分裂反応は、化学反応に比し、彼《か》の質量を０・１パーセントほどでも大幅に減らすゆえ、百万倍以上の効率となる。だが、使用済燃料による汚染危険が伴う。日本も福島で思い知った。最軽量元素、水素をヘリウムに変える核融合は、一億度超の熱塊を制御せねばならず、極めて困難。現在科学者は、この使用済燃料が放射能を持たず、核分裂の四倍の効率を得る核融合発電実現に挑戦中だが、太陽と同じ原理で、少なくとも地球の二万四千倍の質量を自然界で要すこれは、不可能ではとの声もある。それも致し方ない。大宇宙、大自然に比べれば、人はちんけなものだ。自然に無理に逆らうと、しっぺ返しを喰らう。惚けて長生きは嫌と言ったが、そうなった直子や、生まれるはずではなかったのに誕生させられ、生を呪う林優児自身のように。

　これでは高い経済成長は望めぬ。新たな成長の種を人類は作れない。この状況で高成長を欲すれば、土地や株に資金を投機的に投入、その価格を無理に上げ、それを持つ人々の気をテコの原理状で大きくし、消費を活性化させるバブル経済しかない。が、バブルは必ずふっ飛ぶ。しかも無理な成長とあり、その後の対策はない。このテコ経済理論は優児が学生時代に作ったもので、ガルブレイス等有名な経済学者も説いていた。もう伸びないのだから、水平飛行にすべきだった。高付加価値化は、人間に最早無理、一部理系インテリはともかく庶民には、だったのだ。無理な背伸びゆえのインフレ後のデフレは、必然不可避となる。だが、これも今さらと思うだけの優児である。

　科学は人という愚かで弱い生物の道具だ。限界だらけは当然と言える。この世にあるものの本たる素粒子は宇宙の作りしもので、人が作った訳ではない。そして、ヒトの本質もひどいものだ。獣の成れの果てにすぎぬ。

　優児は中学時代によく見、思い知った。楽なほうに落ち、思考をなくし、破壊的本能に身を任せ、楽しんだヒトの浅ましさを。ヒトの本能が残酷なのは当然だ。釣りに行き、見て体験した自然は厳しく冷たかった。そこを潜り抜けた末に身についた資質こそ本能、恐ろしくない訳がない。

　ほかの生物も同様、サルやライオンの雄による、群れを乗っ取ったあとでのほかの雄の子を殺す子殺し、ヒグマの雄の子グマ食い、ゾウの群れによる、ほかの群れの子ゾウの餓死狙いの誘拐。自然は恐ろしいのだ。餌を得るため、子孫を残すべく、ほかの生命体を倒さねばならぬ。それこそが生存なのだ。ゆえにほかの生物を攻撃し、打ちのめすことに人は快感を覚える。ゆえに苛めは楽しい。これぞヒトの業である。

そして今なら、優児は、あの矢崎に見受けられた苛めの娯楽以外のむかつきの原因が分かる。それはこうだ。ヒトは弱さを嫌う。なぜか、弱くば自然界で生き残れぬ。ヒトは群れて生き残り、地上の覇者になった。自然現象やほかの生物との戦いの果てに。我らの祖先は生き残るべく群れを強化せんと、弱いヒトを排除したに違いない。さもなくば、不具者を慈しんだネアンデルタール人のように滅んだろう。弱者の遺伝子は群れを弱化させる。ネアンデルタール人の繁殖力は低かった。ゆえにヒトは弱者にむかつき、ぶっ飛ばし、排斥するのだ。生き残りのための気質が本能に含まれている。これでは差別、苛めはなくせぬ。

いろいろ努力の末にこの結論ではと、優児はやるせない。が、一応文明人、教育、司法、自助努力、なんでもやって、状況改善を図ればいい。

苛め対策として、組手抜きでも空手は効いた。よくも二人倒したものだ。ただ三人以上は無理、これ以上は実戦派道場での修行がいる。でも、この実例は学校で使える。怪我なしで最低ラインは越せる。多少、体に問題があろうと。苛められっ子は特殊学級で強化教育すべし。ヒット&アウェイ対策だ。もちろん家に経済的余裕あらば、いい道場に通えばなおよし。将来稼ぐようになったら、できれば本格的修行も勧めるべし。強者の増加は犯罪対策になる。それと、この方法は相当弱さを拭い去れるので、引き籠り対策にも使える。龍男的要素払拭には、強化あるのみだ。

最近、現場の教師も気づいたが、染まった奴は中学校入学時で早手遅れ。雪村を救うなら、小学生のうちに手を打つべきであった。

一方杉山は、調べたが、わりといい家の子だった。奴はあの時代の、普通の家の子による思春期で崩れる犯罪者の典型的発生例であった。

また、近頃屑親による子供の虐待事件が相次いでいる。昔馬鹿やってた連中が親になりゃ、当然こうなるわいと優児は思う。こういうケースだと、子供はきちんと保護せねば。甘すぎればつけ上がるが、つらすぎればグレる。人間、バランスが大事だ。

それにしても、地方経済は崩壊、思い出のデパートもなくなっちまった。もう不要なら撤去してと坊主に言われ、親父の建てた墓はそうしてやった。龍男めザマー見やがれ。寺の下に眠るのがてめえにゃ似合いだ。腐れ外道にゃ墓はいらねえ。ま、離婚しなかったんだ。あの二人は同じ墓でいいだろうよ。

しかし、俺にゃ書くべきことが結構ありやがる。株屋もやったしな。ノーベル経済学賞取った奴が投資会社作って潰した件があったが、当たり前だぜ。現場知りゃしねえんだ、観察しない科学はありえねえんだよ。ったく文系の学者って奴らは。なんで書こうとすんのかな。九分九厘人類には二十三世紀はなかろう。化石燃料を代替するエネルギー源はなさそうだし、文明は捨てられぬ。人類は己の欲望に押し潰されよう。しょーもねえ生物なんだから。まあ、俺や雪村のお袋の鎮魂歌にでもなればいいが。

淡いグレーのガスヒーターの前に腰を下ろしながら、優児は心中で呟く。

家の外は氷雨だった。十二月末なのに。かつてこの地でこの時期に降れば、雪だったというのに。

了

この物語はフィクションです。実在する個人・組織等とは一切関係ありません。

著者プロフィール

只見 晃（ただみ あきら）

1965年、新潟県生まれ
某私立二流大学（レジャーランド）出身

不登校の果

2019年8月15日　初版第1刷発行

著　者　只見 晃
発行者　瓜谷 綱延
発行所　株式会社文芸社
〒160-0022　東京都新宿区新宿1－10－1
電話　03-5369-3060（代表）
03-5369-2299（販売）

印刷所　株式会社フクイン

ISBN978-4-286-20752-0